KB078690

The Record of Dragon's Return

재중귀환록

FUSION FANTASTIC STORY

푸른 하늘 장편 소설

재중 귀환록 19

푸른 하늘 장편 소설

초판 1쇄 찍은 날 § 2015년 10월 27일
초판 1쇄 펴낸 날 § 2015년 11월 3일

지은이 § 푸른 하늘
펴낸이 § 서경석

편집책임 § 박가연

펴낸곳 § 도서출판 청어람
등록번호 § 제387-1999-000006호
등록일자 § 1999. 5. 31
어람번호 § 제1-2272호

주소 § 경기도 부천시 원미구 부일로 483번길 40 서경B/D 3F (우) 14640
전화 § 032-656-4452 팩스 § 032-656-4453
http://www.chungeoram.com
E-mail § chungeorambook@daum.net

ISBN 979-11-04-90485-1 04810
ISBN 979-11-5681-939-4 (세트)

The Record of Dragon's Return

재중 귀환록

19

숨겨졌던 진실

푸른 하늘 장편 소설

FUSION FANTASTIC STORY

도서출판 청어람

CONTENTS

Chapter 01
제자들

재중귀환록

어둠이 내려앉은 숲, 있는 것은 오직 나무뿐. 불빛이라
고는 자그마한 담뱃불이 전부인 곳이다.

하지만 그 적막한 숲을 내려다보는 재중의 시선은 싸늘
하기만 했다.

"주변 반응은?"

거리가 거의 1킬로미터나 떨어져 있지만 재중은 바로
앞에서 보는 것처럼 선명하게 CIA 요원들을 살필 수 있었
다.

재중이 그들을 보며 테라에게 물었다.

─주변 반응은 아직 없어요, 마스터.

"언제 만날지 정확한 시간은 모르는 거군."

─네. 아무래도 상대도 마법사이기에 신호 발신기는 최소한의 마나로 움직이는 장치라서 기능도 적은 편이에요, 마스터.

"별수 없지."

변명처럼 느껴질 수도 있지만 재중도 테라의 말에 고개를 끄덕일 수밖에 없었다.

설령 상대가 특수요원이라도 평범한 인간이었다면 테라가 가만히 있었을 리 없었다.

아마 테라가 먼저 패밀리어는 기본이고 여러 가지 마법을 사용했을 것이다.

하지만 상대가 마법사라면 그 모든 일을 행하기 어려워질 수밖에 없었다.

마법사를 상대로 마법을 사용해 감시하는 것은 오히려 상대에게 재중의 존재를 알리는 일밖에 되지 않으니 어쩔 수 없는 선택이었다.

─마스터는 CIA에서 만나려는 녀석이 라스푸틴의 제자 중 하나라고 생각하시죠?

"가능성이 높으니까."

확실히 가능성이 높긴 했다.

세계의 모든 정보를 주무른다고 알려진 CIA다.

그런 CIA에서 저렇게 긴장한 가운데 어쩔 수 없이 만나야 하는 상대라면 어느 정도 답이 나와 있다고 봐야 했다.

그들이 저토록 긴장한다면 상대는 초월적인 힘을 지닌 존재, 즉 마법사일 확률이 가장 높았으니 말이다.

그들이 만나기를 기다리는 재중보다 CIA 요원들이 더욱 초조해하는 중이었다.

왜냐하면 그저 지켜볼 뿐인 재중과 달리 그들은 앞으로 자신들이 만날 상대가 누군지, 어떤 존재인지 대략이나마 알고 있기 때문이다.

즉 아차 하는 순간 자신들이 오히려 잡아먹힐지도 모르는 위험한 존재라는 것을 잘 알고 있다는 것이다.

그런데 물끄러미 그들을 쳐다보던 재중의 입가에 돌연 미소가 그려졌다.

─마스터, 나타났어요.

그리고 테라도 곧장 반응했다.

*　　　*　　　*

"무기 점검은 어때?"

요원 하나가 기다리다 지친 건지 슬쩍 물었다.

"은탄으로 준비는 했는데, 넌 어때?"

"당연히 나도 은탄이지. 그 괴물에게는 은탄 외에는 아무런 의미가 없잖아."

요원 둘은 서로 자신의 권총을 들어 보이면서 이야기했다.

하지만 어째서인지 둘 모두 그리 밝은 표정은 아니었다.

"어차피 시간 벌기용이지만."

"쩝, 별수 없지. 이렇게라도 해야지 아니면 눈 뜨고 죽을 수도 있으니."

특수 훈련?

그딴 것은 아무런 의미가 없었다.

상대는 괴물이다.

자신들이 준비한 은으로 만든 총알도 결국 잠깐의 시간을 벌어주는 용도일 뿐이다.

그 사실을 스스로가 잘 알고 있지만 그래도 약간의 희망을 걸어보는 것이다.

어쩌면 의미 없는 발악일 수도 있었다.

그저 CIA 정예 요원인 자신들이 어쩌다 이런 지경까지 몰렸는지 짜증만 날 뿐이다.

"젠장, 어쩌다 일이 이렇게 꼬여서는……."

요원은 피우던 담배를 거칠게 바닥에 던졌다.

지금의 현실을 받아들이기에는 짧은 시간에 너무나 많은 일이 일어났다.

그런데 가만히 있던 팀장이 담배를 던진 요원 앞으로 다가왔다.

움찔!

"팀장님."

요원은 자신이 목소리가 컸다는 것을 뒤늦게 깨달았는지 긴장한 표정으로 팀장을 쳐다보았다.

"지금 여기서 깨끗하게 보내줄까?"

오싹!

요원은 순간 금방이라도 자신의 뒤통수에 총알이 박힐 것만 같은 느낌에 온몸에 소름이 돋았다.

"아, 아닙니다, 팀장님."

"그럼 닥치고 있어라. 여기 너보다 선배들도 입 닥치고 있으니까 말이야."

"넷!"

대답은 거의 본능적이었다.

지금 여기서 아차 잘못하면 자신이 죽는다는 느낌을 받은 것이다.

그만큼 팀장의 눈빛에서 살기가 번뜩였다.

뿐만 아니라 지금과 같은 긴장된 상황에 자신이 너무 떠들었다는 것을 인지하자 주변의 시선이 느껴지기 시작했다.

물론 살기를 담은 시선이다.

저벅저벅.

바싹 정신 차린 요원에게서 시선을 돌린 팀장이 슬쩍 자신의 오른팔 요원에게 다가가더니 눈짓했다.

"여기 준비한 것입니다."

요원은 차 안에서 주먹만 한 물건을 꺼내 팀장에게 건넸다.

"이게 그거야?"

"네, 은으로 만든 수류탄입니다, 팀장님."

요원이 모두 여섯 개를 팀장에게 건넸다.

입고 있는 조끼에 은으로 만든 수류탄을 모두 착용한 팀장이 요원에게 다시 물었다.

"안전성은?"

총알이 아니라 수류탄이다.

일반적인 수류탄도 아차 하는 순간 반경 몇 미터가 초토화된다.

은으로 만들었다고 해서 위력이 줄지는 않았을 것이 분명했다.

강철로 만든 것도 그 정도인데 은이라면 어떻겠는가?

그것도 순도 99% 은으로 만든 수류탄이라면 더욱 위험할 수밖에 없다.

금만큼이나 무른 금속이 은이다.

지금 팀장은 언제 폭발할지 모르는 시한폭탄을 자신의 가슴에 여섯 개나 달고 있는 셈이다.

"안전성은 어차피 운이니 그냥 포기하랍니다."

"쩝, 별수 없지."

팀장도 그 정도는 이미 예상한 듯한 표정을 지었다.

어차피 순도 99% 은으로 만든 총알로도 겨우 멈칫거리게 하는 정도밖에 할 수 없는 괴물이다.

수류탄이라고 해서 별달리 크게 믿음은 가지 않았다.

하지만 또 그렇다고 은탄만 믿고 있기에는 너무 위험하다는 걸 알고 있으니 대책 없이 가만히 있을 수는 없었다.

그래서 형식적이라고 생각은 하면서도 어쩔 수 없이 준비한 것이다.

철저한 약자인 CIA로서는 최소한의 발버둥이다.

까딱 잘못하면 이 은으로 만든 수류탄으로 자폭하는 사태가 벌어질지라도 말이다.

어차피 그들은 더 이상 뒤로 물러날 수 없는 낭떠러지에 몰렸다.

이미 선택의 여지가 없었다.

삐익!!

그때 갑자기 경보음이 울렸다.

―CIA치고는 담이 작은 편이군요. 마나 경보기까지 설치하고 나를 기다리고 있다니. 호호호홋!

멈칫!

철컥철컥!

한순간이다.

경보음이 울리는 것과 동시에 요원들이 있는 중심에서 간드러진 낯선 여자의 목소리가 들려왔다.

그 순간 요원들은 품에서 권총을 뽑아 들었다.

권총의 총구는 정확히 목소리가 들린 곳을 향해 있다.

"은탄으로 절 어쩔 수 없다는 건 잘 알고 있지 않나요?"

마치 거울의 반대편에서 문을 열고 나오듯 허공을 열고 천천히 모습을 드러낸 검은 로브의 여성이 가소롭다는 듯 말했다.

"모두 총을 내려라."

팀장이 고개를 끄덕이며 말했다.

자신들이 기다리던 존재다.

하지만 권총의 총구만 땅을 향했을 뿐, 요원 중에 그 누구도 품속에 권총을 넣은 이는 없었다.

하물며 노리쇠를 걸어둔 상태로 있는 요원도 있었다.

지금 이 자리에 있는 CIA 요원은 모두 호랑이 아가리에 머리를 들이민 상태라는 것을 보여주듯 말이다.

ㅡ뭘 원하는지 말해봐.

아직 어린 풋내가 느껴지는 목소리와 말투였다.

하지만 말투만 그럴 뿐 실제로 어린지는 알 수 없었다.

깊이 눌러쓴 로브 때문인지 가까이 있는 팀장조차도 그녀의 얼굴을 볼 수가 없었으니 말이다.

이곳에 있는 모두가 이미 저런 말투와 성격인 것을 잘 알고 있는 듯 신경 쓰는 이는 없었다.

"한 명을 우리한테 넘겼으면 한다."

ㅡ후후후후훗, 똥줄이 타는 모양이군그래.

움찔.

팀장은 방금 그녀의 말에 어깨를 살짝 떨었지만 표정은 그대로였다.

어차피 상대는 자신들이 왜 찾아왔는지 정도는 이미 알고 있을 것이다.

물론 미국 본토에 있는 CIA 본부까지는 손대지 못할 가능성이 더 크다.

하지만 마음먹기에 따라서는 본부가 아닌 세계에 흩어져 있는 CIA 지부 정도는 충분히 사라지게 만들 수 있는 괴물이라는 것을 잘 알고 있다.

물론 조직이 아니라 오직 눈앞에 있는 그녀 혼자 말이다.

—당신들이 그리스에서 찾는 인물이 아마 선우재중이었지?

움찔.

팀장은 그녀의 입에서 선우재중의 이름이 나오자 흠칫했다.

팀장은 자신들이 실행한 버드 작전이 실패했다는 것을 그녀가 이미 알고 있다는 것을 직감했다.

—왜 그런 동양인을 원하는지 모르겠네. 후후훗.

하지만 생각 없이 한 다음 말이 의외였다.

그녀는 자신들이 재중을 찾고 있다는 것은 알고 있으나 그뿐인 듯했다.

어째서인지 더 중요한, 재중이 마나의 인도자와 연관이 있다는 것을 모르는 듯했다.

씨익~

순간적인 판단, 상황을 보는 눈을 가진 팀장이다.

그는 그녀가 자신들이 재중을 찾고 있는 것만 알고 있고 그 외의 정보는 전혀 모를지도 모른다는 생각이 들자 입가에 미소를 그렸다.

상대가 중요한 정보를 모르고 있다는 사실은 그 하나만으로도 자신들에게 유리함을 의미한다.

"사이먼, 헨기스트, 카디스, 에트라마, 라이제르, 니르라마."

뜬금없이 팀장의 입에서 마나의 인도자를 이끄는 6인의 이름이 나오자 그녀가 예민하게 반응했다.

─무슨 꿍꿍이지? 나 알람 앞에서 그 늙은이들의 이름을 말하는 것이 어떤 결과를 불러올지 잘 알고 있으면서 말이야.

오싹.

순간 알람의 몸에서 뿜어져 나오는 살기에 팀장은 자신의 몸을 보이지 않는 송곳이 찌르는 느낌을 받았다.

물론 팀장뿐만이 아니었다.

자리에 있는 다른 요원들도 모두 알람의 살기에 고통스러운 표정을 지었다.

"흥분하지 마라."

─후후훗, 흥분? 지금 내가 흥분한 것으로 보여? 호호호호홋, 내가 정말 화나면 어떨지 보여줄까?

마치 장난치듯 하는 말이었다.

하지만 말투만 그럴 뿐, 팀장은 자신의 도발이 먹혀들었다는 것을 알 수 있었다.

팀장은 요원들이 모두 살기에 고통스러워하는 지금의 분위기와 달리 속으로는 미소를 지었다.

"선우재중이 그들과 함께 있다."

멈칫!

팀장의 말이 끝나자 갑자기 알람의 몸에서 뿜어져 나오던 살기가 거짓말처럼 사라졌다.

그리고 입도 다물었다.

—…확실한 정보겠지?

불과 10여 초가량의 침묵이었지만 마치 영원처럼 느껴질 정도였다.

그 짧은 순간 팀장의 신경은 오직 눈앞에 알람을 향해 있었는데 시간이 하염없이 더디게 느껴질 때서야 원하는 대답이 들려왔다.

"MI6와 있는 것을 확인했다. 그리고 도청한 기록까지 가지고 있지."

—그럼 확실하다는 거군.

알람이 팀장의 말에 고개를 끄덕였다.

자신에게 장난칠 만큼 생각이 없는 녀석이 아니라는 것은 알고 있기 때문이다.

그리고 알람은 잠시 생각에 잠긴 듯하더니 다시 말이 없어졌다.

―선우재중이 마나의 인도자와 관련이 있다는 건가?

생각을 정리한 듯 알람이 물었다.

"우리는 그렇다고 판단 내렸다. 그리고 선우재중에게 실험체가 셋이나 당했고."

―오호~ 셋이나 당해?

알람은 미처 몰랐다는 듯 조금 놀라워했다.

팀장이 보기에도 정말 모르고 있다는 느낌이 들었다.

팀장은 알람의 예상치 못한 태도에 점점 머릿속이 복잡해지기 시작했다.

당연히 알고 있을 것이라고 생각한 정보를 처음 듣는다는 반응이다.

사실 지금 CIA 팀장이 조금 오해한 것이 있었다.

검은 로브의 여자가 선우재중에 대해 알고 있던 것은 오로지 제자들 사이에서 선우재중에 대한 소문이 퍼져 있기 때문이다.

하지만 소문만 들었을 뿐이다.

이미 그리스에서 자신의 계획을 실행 중에 있고, 최근까지 카디스의 추적을 받은 알람이었다.

재중에 대한 것은 그저 주의하라는 정도로 받아들였기에 그냥 가볍게 넘긴 것이다.

그러다가 지금에서야 CIA 팀장을 통해서 재중에 대한

구체적인 정보를 들은 것이다.

그렇기에 이런 반응을 보이는 것이 그녀의 입장에서는 너무나 당연했다.

'뭐지? 정말 몰랐던 건가?'

자신의 예상을 크게 벗어난 알람의 반응에 머릿속이 복잡해진 팀장의 눈동자가 조금씩 흔들리기 시작했다.

하지만 오랜 세월 요원으로 살아온 경험 덕분인지 겉으로 표가 나진 않았다.

─그러니까 그 늙은이들과 선우재중이 같이 있으니 나보고 그 늙은이들 속에 있는 선우재중을 가져다 달라 이 말이군그래.

마치 재중을 물건 취급하는 듯한 알람의 말투다. 하지만 목소리에는 살짝 살기가 배어 있다.

"물론 원하는 대가를 최대한 들어주겠다는 조건과 함께라는 것을 알아주었으면 좋겠군."

팀장의 말투에서 여유가 묻어 나오는 모습에 알람이 로브 안의 이마를 살짝 찡그렸지만 보는 이는 없었다.

─무엇을 줄 수 있다는 거지? 여섯 늙은이와 있는 선우재중을 가져오는 건 나로서도 모험이라는 것을 알고 있을 텐데?

알람은 숨김이 없었다.

어려운 일이라는 것을 대놓고 말하고 있다.

"물론 쉽진 않을 거야. 하지만 블루다이아몬드를 준다
면?"

─호오~ 물론 내추럴이겠지? 크기는?

"당연히 처리석이 아닌 순수한 내추럴 블루 다이아몬드
다. 거기다 5캐럿이면 어때?"

─음……

갑자기 싫은 기색이 가득하던 알람의 목소리가 변하더
니 생각에 빠졌다.

반면 팀장의 입가에는 노골적으로 미소가 그려지기 시
작했다.

사실 블루 다이아몬드는 흔했다.

물론 처리석이라 불리는 인공적으로 만든 블루 다이아
몬드가 흔한 것이지만 말이다.

방금 말한 내추럴 블루 다이아몬드는 완전히 다른 것이
다.

내추럴 블루 다이아몬드 상급이라면 0.5캐럿만 해도 몇
억이 기본이다.

그나마도 돈이 있다고 해도 쉽게 구할 수 있는 것이 아
니다.

인공적으로 색을 입힌 블루 다이아몬드와 달리 내추럴

블루 다이아몬드의 경우 희소성이 높아 돈이 있어도 구하는 것이 거의 불가능했다.

그런데 그렇게 귀한 내추럴 블루 다이아몬드 중에서도 무려 5캐럿이라는 크기가 흔한 물건일 리 없다.

─오션의 눈물을 가지고 있다는 거군?

알람은 설마 자신이 그토록 찾아다닌 오션의 눈물이라는 블루 다이아몬드를 CIA 팀장이 가지고 있을 줄은 몰랐기에 조용히 물었다.

"나도 한 가지 정도는 내 명줄이 될 만한 것을 가지고 있어야 하지 않겠나? 당신을 상대로 거래하려면 말이야."

─후후후훗, 하긴 당신이라면 그럴 만하지.

알람이 지금 눈앞에 있는 CIA 팀장과 그리 길게 거래한 것은 아니었다.

하지만 그가 자기 목숨을 구해줄 만한 것 하나쯤 준비하고 있는 사실에는 그다지 기분이 나쁠 것이 없었다.

다만 자신이 오션의 눈물을 찾고 있다는 것을 알고 있다는 것이 조금 의외였다.

─좋아, 선우재중을 가져다주지.

팀장이 회심의 미소를 지었다.

알람이 오션의 눈물을 원한다는 자신의 정보가 정확했기 때문이다.

그 순간.

서걱! 서걱서걱! 서걱서걱!

털썩털썩! 털썩털썩!

갑작스럽게 팀장을 제외한 요원 전원의 목이 잘리고 목을 잃은 몸은 고깃덩이가 되어 쓰러졌다.

"무슨 짓이야!! 알람!!"

갑작스런 알람의 행동에 팀장은 조끼에 달려 있는 은으로 만든 수류탄을 꺼내 들고 안전핀을 뽑았다. 하지만 의외로 알람의 목소리는 변화가 없었다.

ㅡ잊었나? 난 나에게 무기를 들이댄 녀석들을 살려둔 적이 없다는 것을 말이야.

멈칫.

그랬다.

조금 전 알람이 모습을 드러낼 때 팀장을 제외한 이곳에 있는 CIA 요원 전원이 알람을 향해 권총을 겨눴다.

그리고 팀장의 표정이 일그러지는 것을 본 알람은 환하게 웃으면서 입을 열었다.

ㅡ어차피 거래는 너와 나 단둘만 있어도 성사되는 거잖아? 안 그래? 어차피 무능한 녀석들은 데리고 있어봐야 피곤해질 뿐이야.

"…알았다."

말도 안 되는 논리를 펴는 알람이다.

하지만 지금 상황에서 팀장에게는 충분히 말이 되는 논리였다.

이미 상황은 끝나 버렸다.

죽어버린 자신의 부하를 살려달라고 할 수도 없다.

그저 멀쩡히 두 눈 뜨고 한꺼번에 목이 잘려 버린 부하들만 불쌍할 뿐이다.

거기다 지금 죽은 요원들은 어떻게 죽었는지조차 알려지지 않을 것이다.

바로 팀장인 그 자신이 살기 위해서 정보를 조작할 테니 말이다.

그 누구도 믿을 수 없는 세상, 그것이 바로 스파이의 세상이었다.

그런데 상황이 모두 끝났다고 생각되는 그 순간.

쿵!

—큭!!

"……?"

갑자기 공기를 때리는 듯한 커다란 울림과 동시에 알람의 입에서 신음 소리가 흘러나왔다.

—누구냐?!

알람은 곧바로 누군가 자신이 만들어놓은 결계를 부수

고 들어왔다는 것을 알아채고 소리쳤다.

하지만 어째서인지 그녀의 눈에 보이는 것은 아무것도 없었다.

그리고 또다시.

쿵!

이번에는 처음보다 더욱 강한 충격이 알람을 압박하듯 결계를 짓눌렀다.

파삭!!

마치 얇은 유리가 부서지듯 결계가 힘없이 부서지더니 사라져 버렸다.

Chapter 02
알람

재중귀환록

─말도 안 돼! 6서클의 마법진을 부숴 버리다니!

알람이 이곳에 설치한 마법진의 용도는 단 하나였다.

알람이 마법진을 발동시키는 순간, 그 누구도 나갈 수도, 들어올 수도 없도록 막는 것이다.

그것도 무려 6서클에 달하는 마나를 압축했던 것이었다.

마나의 인도자를 이끄는 6인이 5서클이었다.

그렇기에 알람은 마나의 인도자들 중에 자신의 결계 마법진을 어떻게 할 수 있는 존재는 없다고 자신했다.

하지만 그렇게 자신만만하던 마법진이 갑작스럽게 외부의 충격에 부서져 버렸다.

그것도 단 두 번의 충격에 마법진을 구성하던 코어까지 부서졌다.

─도대체 누가…….

알람은 현재 세상에 자신의 마법진을 깨뜨릴 수 있는 존재는 오직 자신의 스승뿐이라고 생각해 왔다.

그래서 지금 벌어진 이 상황을 도무지 이해할 수 없었다.

스승이 자신이 만든 결계를 깨뜨릴 이유가 없으니 말이다.

거기다 이미 알람은 스승에게 이 결계 마법진의 존재도 보고한 상태였기에 더더욱 그럴 일은 없었다.

"나를 찾는다고 해서 찾아왔는데 왜 그리 놀라는 표정들이지?"

산산이 부서진 결계의 파편이 허공에 녹아버리듯 사라져 버렸다.

뒤이어 알람과 CIA 팀장의 귓가에 낯선 목소리가 들리고 검은 머리를 찰랑거리면서 여유있는 발걸음을 한 젊은 동양인의 모습이 나타났다.

바로 재중이었다.

씨익~

재중은 황당한 표정을 짓고 있는 알람이나 팀장과 달리 환하게 웃는 얼굴이었다.

"선우재중!!"

CIA 팀장이 재중을 보자마자 소리쳤다.

그 외침에 알람도 재중을 보았다. 하지만 어째서인지 알람은 고개를 갸웃거렸다.

아무리 봐도 재중에게선 특별히 느껴지는 게 없었기 때문이다.

아무리 평범한 사람이라도 아주 적게나마 마나가 느껴져야 정상이다.

한데 재중에게서는 전혀 마나를 느낄 수가 없었다.

지금 알람이 직접 자신의 눈으로 재중을 보지 않았다면 재중이 바로 옆까지 다가온 것도 몰랐을 것이다.

그 정도로 재중에게서는 아무것도 느껴지지 않았다.

그리고 그 사실을 깨닫는 순간, 알람은 전신에 소름이 돋았다.

휘릭!!

펑!!

순간 알람은 주문 캐스팅도 없이 양손을 교차시키듯 재중을 향해 휘둘렀다.

하지만 놀랍게도 재중의 바로 코앞에서 공기가 터지는 소리가 들렸다.

―헉!

무려 4서클의 다크 윈드 커터가 재중의 코앞에서 허무하게 사라졌다.

알람의 표정이 급격히 굳었다.

알람의 옆에 있는 CIA 팀장의 표정도 마찬가지다.

팀장은 알람이 어떤 괴물인지 누구보다 잘 알고 있었다.

그런 만큼 방금 알람의 공격이 허무하게 사라졌다는 것이 무엇을 의미하는지 잘 알고 있다.

"괴물……."

지금 이 순간 CIA 팀장에게는 알람보다 재중이 더 괴물로 보였다.

보이지 않는 칼날을 날리는 알람이다.

하지만 재중은 그걸 웃으면서 소멸시켜 버렸다.

CIA 팀장의 눈에 재중이야말로 진정한 괴물 중의 괴물처럼 보였다.

"알람이라……. 내가 얼마나 찾아다녔는지 알아?"

낮지만 귀에 정확하게 꽂히는 재중의 목소리에 알람이 슬쩍 뒤로 물러났다.

하지만 얼마 물러나지도 못하고 금세 CIA에서 타고 온 SUV 차량에 뒤가 막혔다.

―늙은이가 보내서 왔나?!

상황이 자신에게 불리하지만 그래도 알람은 약한 모습을 보이기 싫은 듯했다.

알람이 재중을 향해 날카롭게 소리쳤다. 하지만 재중은 그저 피식 웃을 뿐이다.

그리고 조용히 물었다.

"내가 그들의 명령을 받을 거라 생각하나?"

6서클의 마법 결계를 깨뜨리는 재중이다.

그런 재중이 겨우 5서클인 늙은이들의 명령을 받는다는 것은 알람 자신이 생각해도 어이가 없다.

하지만 그런 건 알람에게는 아무래도 상관없는 이야기였다.

지금 알람은 그저 재중의 시선을 아주 잠깐이라도 돌리는 것이 목적이니 말이다.

펄럭!

그리고 재중의 말이 끝나자마자 기다렸다는 듯 알람의 양팔이 움직였다.

펑!

하지만 역시나 이번에도 똑같이 재중의 코앞에서 허무

하게 사라졌다.

그런데 그게 끝이 아니었다.

"끄악!!"

갑자기 비명 소리가 들리더니 CIA 팀장의 몸이 허공을 날아 정확하게 재중에게 향했다.

알람이 집어 던진 것이다.

"쓸데없는 짓을 하는군."

똑바로 자신을 향해 날아오는 CIA 팀장을 본 재중은 그럼에도 상관없다는 듯 입가의 미소를 지우지 않은 채로 쳐다보기만 했다.

퍼걱!!

재중의 몸에 CIA 팀장의 몸이 거의 닿을 무렵, 갑자기 허공에서 어둠을 닮은 색깔의 건틀릿이 튀어나왔다.

그리곤 날아오는 CIA 팀장의 몸을 날아온 속도보다 더 빠르게 튕겨 버렸다.

쿠쾅!!

삐걱삐걱! 삐걱삐걱!

순식간에 알람의 바로 뒤에 있던 SUV 차량의 문짝이 종이처럼 구겨져 버렸다.

그리고 당연하게도 흑기병의 건틀렛에 맞고 날아가 문에 처박힌 팀장은 더 이상 사람이라고 생각하지 못할 만큼 구겨진 채 문짝 안으로 들어가 버렸다.

워낙에 충격이 강했기에 충돌 뒤에도 자동차가 계속해서 흔들리기까지 했다.

직접 그 광경을 눈으로 본 알람은 순간 모든 행동을 멈췄다.

알람은 설마 잠깐 시간 벌기용으로 던진 CIA 팀장을 자신에게 되돌려 보낼 줄은 예상하지 못했다.

거기다 놀람 때문인지, 아니면 무언가 다른 영향을 받은 것인지는 모르지만 당황스러운 일이 생겼다.

알람의 몸 주위로 모여든 마나가 허무하게 흩어져 버린 것이다.

―쿨럭!!

입에서 검붉은 피를 토하는 것을 보면 강제로 마법이 취소된 듯했다.

"살아남으려고 발악하는 것들이 하는 짓은 결국 거기서 거기지."

알람이 알 리 없는 일이지만 재중은 드래고니안과의 전쟁을 거치면서 일어날 수 있는 모든 경우의 상황을 겪은 상태이다.

거기엔 지금 알람이 한 것과 같은 행동도 포함되어 있다.

즉, 마법을 쓰고 뒤이어 무언가를 던져서 시선을 뺏은 뒤 탈출하는 잔머리 말이다.

그것도 이미 드래고니안이 재중에게 대륙에서 써먹은 것이다.

이미 알고 있는 술수에 재중이 당할 리 없었다.

하물며 재중의 가디언인 흑기병이 그걸 그냥 두고 볼 리도 없었다.

사라라라락.

그리고 재중의 눈동자와 머리카락이 은빛으로 바뀌는 순간,

쿵!!

그렇지 않아도 마법이 강제 캔슬되어 버린 충격에 아직 몸을 휘청거리던 알람이다.

그는 하늘에서 찍어 누르는 강력한 힘 앞에 힘없이 엎드릴 수밖에 없었다.

ㅡ쿨럭쿨럭!

충격이 연달아 겹쳤다.

결국 땅바닥에 엎드린 상태에서도 알람의 입에서 검붉은 피가 계속해서 흘러나왔다.

알람은 부들부들 떨며 발버둥을 쳤다.

어떻게든지 움직이려고 했다.

상대가 6서클의 마법진을 허무하게 부숴 버릴 때 이미 알람은 알고 있었다.

　자신이 어떻게 해볼 수 있는 상대가 아니라는 것을 말이다.

　그래서 이미 재중이 모습을 드러낸 순간 도망칠 생각이었고, 그걸 실행에 옮겼다.

　물론 결과는 지금처럼 재중의 중력 제어에 꼼짝없이 잡혀 버렸지만 말이다.

　그래도 알람은 이런 상황에서도 어떻게든지 도망치려는 듯 꿈틀거리고 있다.

　하지만 그런 발버둥도 재중이 다가오자 아무런 소용이 없어져 버렸다.

　"마나 동결."

　마법을 쓰지 못하는 재중이다.

　하지만 그 누구보다 마나를 다루는 데 탁월한 능력을 가지고 있다.

　그리고 그런 재중의 마나 제어 능력은 마법을 사용하는 존재에게는 최악의 상성이기도 했다.

　재중이 있는 곳을 중심으로 무려 100미터 반경의 모든 마나가 움직임을 멈춰 버렸다.

　─말, 말도… 안 돼. 마나 동결이라니… 그건 전설에

나… 나오는…….

알람은 재중이 마나 동결을 실행하자마자 느낄 수 있었
다.

지금까지 단 한 번도 멈춤 없이 돌아가던 자신의 심장
서클이 멈추는 것을 말이다.

그리고 동시에 마법사만 볼 수 있다는 마나의 흐름도
완전히 정지해 버렸다.

마치 물이 얼어버린 것처럼 말 그대로 마나가 얼어버린
것이다.

─…마나 동결은… 잊힌 존재만……!

알람은 정신을 차릴 수 없는지 두서없이 중얼거렸다.

그러다 갑자기 마나 동결이라는 전설 속에서나 나올 법
한 상황을 만든 재중을 쳐다봤다.

다음 순간 알람의 두 눈이 부릅떠졌다.

─잊혀진… 존재……!

역시나 마나 무기를 만들 만큼 머리가 좋은 알람이었
다.

알람은 마나 동결 하나만 보고도 재중의 정체를 파악한
것이다.

하지만 지금 알람은 자신의 이렇게 좋은 머리를 저주하
고 원망했다.

재중이 잊힌 존재가 확실하다면 그가 살아날 가망성은 전혀 없었다.

마법의 시초라고 알려진 존재가 바로 잊힌 존재이다.

한마디로 지금 알람은 고양이 앞의 쥐, 아니, 호랑이 앞의 토끼보다 못했다.

"묻고 싶은 것이 제법 되거든. 그리고 이번에는 또다시 실수하지 않을 생각이야."

그 말을 끝으로 재중이 알람의 두건을 벗겼다.

"응?"

두건을 벗은 알람의 정체는 이제 갓 성인이 되었을 법한 아주 앳된 여자였다.

그것도 상당한 미모를 가졌다.

하지만 재중이 로브의 두건을 벗긴 알람의 모습에 놀란 것은 미모 때문이 아니었다.

너무나 낯익었기 때문이다.

"검은 슈트의 클론이 바로 너의 클론이었구나."

검은 슈트 안에서 나왔던 얼굴과 완전히 쌍둥이처럼 똑같은 얼굴을 한 알람이었다.

알람의 얼굴을 확인한 재중은 CIA에서 자신에게 보낸 검은 슈트의 클론의 베이스가 되는 세포 주인이 누구인지 대번에 알아보았다.

아니, 모를 수가 없었다.

완벽하게 똑같은 얼굴이다.

그리고 이해가 되기 시작했다.

검은 슈트의 무지막지한 능력을 사용하면서도 최대한 버텨낼 수 있었던 클론의 정체가 말이다.

이미 제법 높은 경지에 오른 마법사의 세포를 복사해서 클론을 만들었다면 아무리 클론이라도 마나 친화력이 상당히 높을 수밖에 없다.

그리고 그런 마나 친화력은 비록 인지 능력이 떨어지는 뇌를 가지고 있다 해도 본능적으로 마나를 사용해서 몸을 보호한다.

간단하게 말하자면 똑같은 충격을 받아도 마법사의 세포로 만든 클론은 충격을 덜 받고 빨리 회복된다.

본능적으로 마나를 활용하기 때문이다.

"MI6는 이걸 몰랐던 거군. 결국 클론 계획이 실패한 것을 보면."

하긴 혹시라도 알람이 MI6에 자신의 세포를 제공했다면 마나의 인도자들에게 알려질 가능성이 기하급수적으로 높아졌을 것이다.

알람이 굳이 그런 위험성을 감수할 리 없었다.

굳이 MI6가 아니라도 알람에게는 CIA라는 커다란 조력

자가 있다.

어떻게 보면 MI6로서는 운이 좋다고도, 나쁘다고도 할 수 있는 일이었다.

최소한 마나의 인도자들과 바로 적이 되는 최악의 상황은 피했다.

하지만 반대로 검은 슈트 프로젝트는 적어도 수십 년이 더 걸릴 것이 분명하기 때문이다.

덥석!

모든 상황이 정리되자 재중은 다시 알람의 머리에 손을 얹었다.

재중의 손을 통해 빠져나간 나노 오리하르콘이 알람의 머릿속을 침투하기 시작했다.

나노 오리하르콘은 순식간에 그녀의 몸 전체로 퍼져 나갔고 동시에 알람의 몸속에서 마력이 급격하게 사라졌다.

—무, 무슨 짓이야!!

당황한 알람이 소리치면서 반항했다.

몸에서 마력이 사라지는 것을 느끼면서 가만히 있을 수 있는 마법사는 없었다.

하지만 이미 마나도 동결되었고 중력에 잡혀 버린 알람의 반항은 아무런 의미가 없었다.

—꺼억꺼억, 꺼억……!

그리고 조금 뒤, 알람의 몸에서 마력이 한 줌도 남김없이 사라졌다.

그러자 알람의 모습이 급격하게 변하기 시작했다.

머리카락은 새하얗게 변했고 피부는 쪼그라들면서 주름이 생겼다.

순식간에 몇 십 년은 늙어버린 듯, 탱탱하던 20대 초반의 알람은 사라져 버리고 없었다.

대신 알람은 50대라고 해도 믿을 만큼 늙은 여자로 탈바꿈했다.

"마력으로 젊음을 유지했구만."

어차피 재중도 겉으로 보이는 알람의 모습이 본모습이 아닐 것이라고 예상하고는 있었다.

아무리 천재라도 20대 초반의 나이로 마나를 그렇게 깊이 이해하고 변형한다는 것은 사실상 불가능에 가깝다.

재중 자신도 마나를 제어하는 능력을 얻은 것이 드래고니안과의 전쟁이 끝날 무렵이었다.

하지만 알람이 아무리 나이를 먹었다고 해도 천재인 것은 사실이다.

인간의 수명을 생각하면 알람 정도의 천재가 대륙에서 태어났다면 아마 역사가 바뀌었을 것이다.

현자로 불리는 베르벤도 결국 실패한 것을 알람이 만들

었다.

그 자체만으로도 재중은 그녀가 천재임을 인정할 수밖에 없었다.

─마스터, 저번처럼 당하지 않기 위해 우선 무의식의 영역을 막았어요.

"그럼 가볼까?"

재중이 피식 웃으면서 일어서자,

─우선 이 녀석을.

테라가 불쑥 재중의 그림자에서 튀어나왔다.

그러고는 마력도 사라지고 이제 빈껍데기뿐인 알람을 자신의 아공간에 집어넣었다.

"돌아가자."

─네, 마스터.

드디어 길고 길었던 술래잡기가 끝날지도 모른다는 생각에 재중의 얼굴에 환한 웃음이 떠올랐다.

재중은 미소 지은 채 어둠 속으로 걸음을 옮기더니 사라져 버렸다.

마치 처음부터 이 자리에 아무도 없던 것처럼 말이다.

Chapter 03
신개념 고문

재중귀환록

"설마… 이 녀석이……?"

"모습이 많이 변했지만… 맞군요."

아지트로 돌아온 재중이 가장 먼저 한 것은 카디스에게 잡아 온 알람을 꺼내 보여준 것이다.

이미 듣긴 했지만 그래도 최종적으로 확인하기 위해 카디스에게 알람을 보여주었다.

처음에는 카디스도 알람을 바로 알아보지 못했다.

하지만 오랫동안 알람을 추적해 온 카디스였기 때문에 폭삭 늙어버린 외모에도 불구하고 알아보는 데 그리 오랜 시간이 필요하지 않았다.

"알람이 맞습니다."

카디스가 굳은 눈동자를 하고 재중에게 확인시켜 주었다.

그러자 옆에 있던 헨기스트와 사이먼을 비롯해 전원이 몰려들었다.

"헐, 이렇게 늙은 아줌마였어?"

연아는 겉으로는 전혀 위험해 보이지 않는, 짐작했던 것과 전혀 다른 알람의 모습에 고개를 갸웃거렸다.

"그건 이미 재중 님이 서클을 부숴 버렸기 때문일 겁니다."

"네?"

연아는 사이먼의 설명에 고개를 돌려 쳐다보았다.

"마법은 사용하기에 따라서 젊음을 유지시켜 줄 수도 있습니다. 한데 지금 알람은 자신의 젊음을 유지시켜 주던 마법을 모두 잃어버렸기에 오히려 그동안 시간을 막아 온 것이 한꺼번에 터져서 부작용으로 더 늙어버린 겁니다."

사이먼의 설명에 놀란 듯 잠시 멍하니 그를 쳐다보던 연아의 눈빛이 반짝였다.

"젊음을 유지시켜… 줄 수도 있어요?"

사이먼은 순간 자신이 무슨 실수를 했는지 깨달았지만 이미 늦어버렸다.

여자에게 젊음을 유지시켜 준다는 것이 그 어떤 유혹보다 달콤하다는 것을 잠시 깜빡했다.

"험! 물론 최소 4서클 이상의 마법력을 가진 마법사만 가능합니다."

한마디로 상급 이상의 마법사만 가능하다는 말이다.

"오빠!!"

사이먼의 설명을 들은 연아가 재중을 향해 기대에 찬 눈빛을 던졌다.

그러나 재중은 정말로 매정했다.

"넌 불가능해."

"왜?"

연아는 심통이 난 표정으로 재중에게 따지듯 물었다.

"너무 늙었어."

"……."

순간 할 말을 잃어버린 연아였다.

혹시라도 자신도 마법을 배울 수 있지 않을까 하는 생각에 재중에게 물었던 거였다.

한데 돌아온 대답이 황당해하기까지 하니 충격을 받은 표정이다.

다른 이유도 아니고 늙어버린 자신의 나이를 가지고 재중에게 따질 수도 없는 노릇이다.

"저기… 제가 그렇게 많이 늙었나요?"

재중에게 물어봐야 똑같은 대답일 것 같다는 느낌에 연아는 사이먼에게 다시 물었다.

"…마법 입문은 어릴수록 성공 확률이 높습니다. 그리고 열다섯 살이 넘으면 사실상 마나를 몸이 받아들이지 못하기에 재중 님의 말씀처럼 불가능한 것이 맞습니다."

사이먼까지 확인 사살을 하자 연아의 입이 앞으로 툭 튀어나왔다.

"칫, 뭐 그냥 혹시나 해서 물어봤을 뿐이에요."

말로는 그렇지만 상당히 실망한 연아의 모습에 재중이 피식 웃었다.

"그냥 나이 먹는 대로 늙어가는 삶은 축복이다."

재중은 진심으로 연아에게 말했지만 돌아온 것은 핀잔이었다.

"오빠는 마법사니까 그런 말을 할 수 있는 거야. 쳇!"

연아에게 재중은 이미 마법사이기에 그렇게 말하는 것으로밖에 보이지 않았다.

피식~

재중도 굳이 더 이상 연아를 달래거나 하진 않았다.

어차피 불가능한 게 사실이다.

그리고 설사 연아가 마법을 배우는 게 가능하다 해도 재중은 막을 것이다.

평범한 삶.

재중이 원하는 것은 연아가 평범한 행복 속에서 살아가는 것이다.

만약 연아가 마법과 인연이 닿게 된다면 그 순간부터 좋든 싫든 연아의 인생은 바뀔 수밖에 없다.

사실 지금도 재중으로 인해 많이 바뀌었기에 더 이상은 싫었다.

어떻게 보면 이런 재중의 모습은 이기적이라고도 할 수 있을 것이다.

그러나 이것은 오빠로서 재중의 마지막 바람이기도 했다.

"재중 님."

연아가 토라진 틈을 타 재중에게 다가온 카디스가 조금은 걱정스러운 눈빛으로 물었다.

"혹시 저번처럼……."

지난 번 재중이 잡아준 녀석이 세뇌로 죽은 것이 생각난 것이다.

"이번에는 아예 무의식까지 제어했으니 그럴 가능성은 없을 겁니다."

카디스는 재중의 말에 곧바로 표정이 돌아왔다.

드디어 그동안의 결실을 맺게 되었다.

"하지만 재중 님이 곁에 계셔주었으면 합니다."

재중의 보증은 있었지만 카디스는 만약의 경우를 생각하지 않을 수 없었다.

저번처럼 생각지 못한 변수가 나타날 수 있었다.

카디스가 생각하기에 혹시라도 다시 그런 상황이 벌어진다면 그로서는 해결할 도리가 없었다.

아니, 애초에 사실상 재중 외에는 그 누구도 막을 수가 없었다.

그래서 카디스는 알람을 잡아 온 재중에게 면목이 없지만 부탁할 수밖에 없었다.

"어차피 저도 물어볼 것이 있으니 괜찮습니다."

"감사합니다."

카디스는 이번에는 절대로 실패하지 않겠다는 듯 눈동자에 힘을 주었다.

그렇게 재중과 카디스, 그리고 알람은 가장 구석진 방으로 들어갔다.

"고문이라는 게 무서운 거죠?"

이미 여기에 있으면서 어느 정도 사정을 들어서 알게 된 연아가 사이먼에게 물었다.

"음, 그건 저도 잘 모릅니다. 카디스 저 친구는 본래 이스라엘 특수 요원 출신이라서 고문에 대해 알고 있을 뿐이고 저와 다른 친구들은 전혀 모르니까요."

"아……."

연아는 카디스가 본래 이스라엘 특수요원 출신이라는 말에 저절로 고개를 끄덕였다.

영화에서 특수요원들이 고문하는 모습이 떠오른 것이다.

아직까지 연아는 일반인의 사고방식에서 크게 벗어나지 못한 상태였다.

그러다 보니 아무래도 영화적 이미지가 많은 영향을 주었다.

그런데 그런 연아의 옆에 있던 바네사가 조용히 움직이더니 카디스와 재중이 들어간 방으로 다가갔다.

재중은 이미 기척만으로도 문 너머에 바네사가 있는 것을 알고 슬쩍 문을 열었다.

"재중 님."

"응?"

"제가 괜찮은 자백술을 알고 있는데 어떠세요?"

재중은 싱긋 웃으면서 자신 있게 말하는 바네사의 모습에 잠시 생각해 보았다.

전직 킬러로서의 이력을 생각하면 충분히 가능한 말이기에 방 안에 들였다.

"응? 바네사 양이 여긴 어쩐 일입니까?"

카디스는 재중이 바네사를 들인 모습에 고개를 갸웃거렸다.

"전직 킬러로서 능력을 좀 발휘해 볼까 해서 온 거예요."

"킬러?"

카디스는 지금까지 연아의 비서로 알고 있던 바네사가 킬러라는 말에 의아함을 갖고 재중을 쳐다보았다.

"한번 맡겨보죠. 저희가 모르는 새로운 방법이 있을지도 모르니까요."

이미 연아에게서 바네사를 소개한 것이 재중이라는 말을 들은 적 있는 카디스였다.

카디스는 고개를 갸웃거렸지만, 재중이 생각 없이 연아 옆에 전직 킬러를 비서로 두었을 이유가 없다는 판단에 조용히 물러났다.

"음, 이 정도면 충분하겠네요."

잠시 알람의 상태를 살펴보던 바네사가 조용히 재중에

게 다가왔다.

"혹시 제 손가락 두 배 정도 길이의 대침을 구해주실 수 있나요?"

재중은 뜬금없이 대침을 찾는 바네사의 말에 고개를 갸웃거리면서 물었다.

"혹시 한의학의 침술에 사용하는 그 침을 말하는 건가?"

"네."

바네사는 너무나도 당당하게 재중에게 맡겨놓은 것을 찾으러 온 듯 대침을 달라고 했다.

그 모습에 재중은 피식 웃었다.

그리곤 몸속의 나노 오리하르콘을 변형시켜 바네사가 원하는 대침을 만들어주었다.

"역시 있을 줄 알았어요."

바네사는 당연하게 대침을 받아 들었다.

"우선 이 방법은 저도 킬러 생활을 하다가 우연히 배운 거예요. 물론 현재 한의학의 그 어떤 침술에도 없는 비술에 속하지만요."

그렇게 말한 바네사는 알람의 양쪽 관자놀이 부분에 거침없이 재중이 만들어준 대침을 박았다.

"헉!"

카디스는 순간 바네사의 행동에 기겁했다.

관자놀이는 인간의 급소 중의 하나이기 때문이다.

그가 특수요원으로 훈련받을 때도 관자놀이 부분을 가격해서 기절시키거나 때로는 절명시키는 기술을 배웠었다.

그러니 지금의 놀람은 당연했다.

그런데 놀라서 금방이라도 달려들려던 카디스의 걸음이 멈추었다.

"어떻게… 반응이 없지?"

그랬다.

관자놀이에 저런 대침이 박혔는데 알람은 멍한 눈동자로 그대로 있을 뿐 아무런 반응이 없었다.

그런데 놀라운 광경은 거기서 끝이 아니었다. 대침 시술은 오히려 이제부터가 시작이었다.

푹푹푹푹푹.

바네사는 재중이 만들어준 대침 여러 개를 인간의 급소로 알려진 곳에 거침없이 모조리 박아 넣었다.

너무나도 능숙한 솜씨다.

"자, 시술은 끝났어요."

"……?"

"……?"

그냥 머리에 대침을 박아 넣은 것이 전부인데 바네사는 만족한 표정으로 한 발짝 물러났다.

그리곤 자신 있는 표정으로 재중과 카디스에게 말했다.

"이제 물어보세요. 최소한 기억하고 있는 것은 거짓 없이 대답할 테니까요."

이번만큼은 재중도 황당한 표정을 숨길 수가 없었다. 그건 카디스도 마찬가지였다.

하지만 재중은 곧 바네사가 한 시술의 의미를 찾을 수 있었다.

재중이 천천히 알람에게 다가가 그녀의 머리에 박혀 있는 여러 개의 대침을 본 순간, 재중의 몸속 나노 오리하르콘이 반응하기 시작했다.

그러면서 지금 바네사가 한 행동이 정확하게 어떤 의미를 가지고 있는지 답을 풀 수 있는 힌트를 전해주었다.

'정확한 깊이, 대침 하나가 겨우 들어갈 만큼 좁은 혈자리, 거기다 사람마다 미묘하게 다른 혈의 길이까지… 이건 상당한 수준이군.'

재중의 몸과 완전히 동화된 나노 오리하르콘으로 만든 대침이다.

그렇기에 지금 바네사가 한 침술이 어떤 것인지 대략

알 수 있었다.

　하지만 아무리 재중이라도 어째서 지금 이 침술이 자백을 하게 만드는 것인지 정확하게 원리까지는 알 수가 없었다.

Chapter 04
역습의 기회

재중귀환록

"믿을 수가 없군요."

카디스가 기가 막히다는 표정으로 바네사를 쳐다봤다.

열 가지 질문을 하면서 자신이 알고 있는 정보와 비교해 본 뒤였다.

알람이 정말로 물어보는 질문마다 모두 거짓 없이 대답한 것이다.

거기다 카디스를 죽음 직전까지 몰아붙인 마나 무기의 제조법에 대해서 물었을 때도 순순히 대답할 정도였다.

카디스는 알람의 그런 모습에 허탈한 표정까지 지어 보

였다.

"고문이 이렇게 쉬운 것이었나?"

황당하다는 말밖에 할 말이 없었다.

침술로 자백을 받을 줄은 생각도 해본 적이 없다.

"재미있군."

카디스만큼 놀라거나 황당한 표정은 짓지 않았지만 재중도 확실히 신기하긴 했다.

침술로 자백을 받는다고 해서 설마 했는데 사실이라니.

재중은 침술의 신비함을 직접 눈으로 보고 꽤나 감탄했다.

그런데 더욱 황당한 것은 바네사 본인도 이 침술에 대해 정확하게 모르고 있다는 것이다.

"저도 우연히 배운 거예요. 그냥 죽을 뻔한 중국인 노인을 한 번 살려준 적이 있는데 자신의 목숨값이라고 하면서 알려준 침술이거든요."

"그 노인은 지금 어디에 있지?"

재중이 호기심에 물었다.

"지금은 세상에 없어요."

순간 재중의 눈빛이 날카롭게 변하면서 다시 물었다.

"죽였나?"

"아니요. 그냥 본래 수명대로 살다가 죽었어요. 이미 제가 만났을 때도 당장 내일 죽어도 이상하지 않을 만큼 나이가 많았으니까요."

순간적이지만 재중은 바네사의 눈동자에서 진실을 읽고 눈빛을 풀었다.

"하지만 노인이 말하길 자신의 일족은 모두 이 침술을 알고 있다고 했어요."

"일족?"

"네."

"……."

순간 재중은 바네사가 말한 일족이라는 말에 뭔가 찜찜한 느낌을 받았다.

하지만 그것도 잠시, 곧 잊어버렸다.

자신이 상관할 이유가 없었다.

어쨌거나 확실히 지금 바네사의 침술은 쓰기에 따라 정말 무서운 무기임이 분명했다.

카디스조차 바네사의 침술이 궁금해 미치겠다는 눈빛을 그대로 드러내고 있다.

특히나 이 침술을 정보 수집을 위해서 사용한다면 정말이지 획기적인 해답이 될 것이다.

이건 세상 그 어떤 고문을 견디는 훈련을 하더라도 아무런 소용이 없게 만드는 셈이다.

스파이에게는 가장 무서운 것이 바네사의 침술인 것이다.

거기다 진짜 무서운 것은 따로 있었다.

"침을 뽑고 나면 침을 꽂기 전 10분과 뽑고 나서 10분 사이에 있던 일을 전혀 기억하지 못해요."

"무섭군."

카디스는 진심으로 바네사의 침술에 감탄했다.

한편 재중은 딱히 저격을 잘하는 것도 아니고 근접전에서 특별하게 강하지도 않는 바네사가 어째서 킬러 랭킹 상위권에 이름을 올렸었는지 이제야 이해가 되었다.

저런 침술을 알고 있다면 사실상 웬만한 정보는 모두 가지고 논다고 해도 과언이 아니다.

미리 알고 있다는 것, 그것만큼 무서운 것은 없다.

특히나 정보가 그 어떤 무엇보다 중요한 세상이다.

저격 능력? 근접의 격투술?

그런 것은 이런 침술을 가진 바네사에게는 굳이 없어도 되는 것이다.

그냥 저 침술로 목표의 주변인에게서 정보를 모두 뽑아내면 된다.

목표물이 다니는 길목에 폭탄을 설치하거나 자주 마시는 음료에 독을 타거나 하면 그걸로 충분하다.

성공 확률이 높을 수밖에 없다.

작정하고 죽이려 드는 킬러를 무슨 수로 막겠는가?

지구에서는 마법사가 아닌 이상 언젠가는 죽을 수밖에 없다.

더욱이 자신의 정보를 모두 알고 있는 킬러라면 당할 재간이 없다.

그런데 바네사의 침술이 활약했지만 일이 모두 다 해결된 것은 아니었다.

어찌 된 일인지 알람은 가장 중요한 것을 말하지 않았다.

"라스푸틴이 있는 장소는 말하지 않는군요."

카디스가 벌써 수십 번이나 알람에게 물어본 참이다.

한데 이상하게 자신의 비밀 아지트까지 거침없이 말하는 알람이 어찌 된 일인지 라스푸틴이 있는 곳은 모른다고 대답했다.

그 어떤 고문법보다 바네사의 침술이 최고의 방법인 것을 생각하면 알람도 정말 모른다는 생각이 들 정도이다.

"질문을 바꿔보죠."

그동안 뒤에서 카디스가 하는 것을 가만히 지켜본 재중이다.

재중이 보기에 딱히 카디스가 실수하거나 놓친 것이 있

는 것 같지는 않았다.

그런데도 말하지 않는다면 질문을 바꿔보는 것도 괜찮 겠다는 생각이 들었다.

"라스푸틴과 연락하는 수단은?"

—…편지로 합니다.

"편지?"

줄곧 라스푸틴이 있는 곳을 말하라고 하던 카디스도 알 람의 대답에 고개를 갸웃거렸다.

최첨단 시대에 전화 한 통이면 끝나는데 편지라니. 조 금은 황당했다.

옛날이야 편지 외에는 방법이 없으니 어디서든 편지를 많이 썼다.

하지만 요즘은 원하면 전 세계 어디서든 화상통화도 가 능한 시대이다.

그런데 오히려 바네사는 손뼉을 치면서 감탄했다.

짝!

"역시 라스푸틴… 머리가 상당히 좋은 녀석이에요."

"……?"

"……?"

이번에는 재중도 왜 바네사가 저러는지 이해가 가지 않 아 쳐다보았다.

"우선 편지라는 것이 시간이 걸리긴 해요. 하지만 그만큼 안전한 통신 수단이기도 하죠."

바네사의 대답에 카디스는 공감하지 못하는지 얼굴을 찌푸렸다.

굳이 편지가 아니라도 찾아보면 방법은 얼마든지 있다.

"단, 이 편지가 가장 안전한 통신 수단이 되기 위해서는 꼭 필요한 조건이 있어요."

"바네사 양, 그게 뭐죠?"

카디스는 자신의 특수요원 시절의 경험도 있기에 바네사의 지금 말이 도무지 이해가 가지 않아 조금 날카롭게 물었다.

"마법사예요."

"……!"

"그렇군."

카디스는 그제야 무언가 번뜩인 듯 눈을 크게 부릅떴고, 재중은 고개를 끄덕였다.

일반적으로 생각하면 편지라는 것이 가장 불편하고 느린 통신 수단이다.

하지만 마법사에게는 생각의 방향만 살짝 바꾼다면 최고의 통신 수단이다.

"이미지 메모라이징이… 있었지."

카디스가 나직하게 중얼거렸다.

"이미지 메모라이징이 무엇인지 잘 알지는 못해요. 하지만 제가 킬러 생활을 하면서 들은 이야기 중에 마나의 인도자들은 종이 한 장만 있어도 자신의 기억을 다른 사람에게 전달할 수 있다는 말이 있었거든요."

"맞네. 자신의 피로 이미지 메모라이징 마법진을 종이에 그리면 기간 한정이긴 하지만 다른 사람에게 자신의 기억을 영상화해서 보여줄 수 있지. 그랬어."

카디스는 어떻게 라스푸틴이 자신의 정체는 그렇게 꽁꽁 감춰두고 제자들을 움직여 영향력을 끼쳤는지 비로소 완전히 이해가 되는 듯했다.

사실 이미지 메모라이징은 서클의 수준이 낮은 편이다.

1서클만 마스터해도 사용할 수 있었다.

하지만 기간 한정이라는 단점 때문에 마나의 인도자들도 잘 사용하지 않는 편이었다.

거기다 이미 세상의 편리함에 물들어 버린 마나의 인도자들이었다.

그들 사이에서도 차라리 보안 처리된 휴대용 위성전화를 사용하는 것이 일반화되었다.

즉 이야기를 정리하면 라스푸틴은 마나의 인도자들이 어떻게 움직이는지, 무엇을 사용해 서로 연락을 주고받는지 이미 알고 있었다는 것이다.

그리고 스스로는 그 빈틈을 이용한 셈이다.

영상통화까지 되는 세상에 설마 편지를 이용할 줄은 그 누구도 생각지 못했으니 말이다.

한마디로 그동안 인공위성으로 제자들을 감시하고 찾아다녔던 것이 모두 의미 없는 일이었던 셈이다.

라스푸틴의 머리카락 한 올도 찾지 못한 것은 어쩌면 당연했다.

이미지 메모라이징 마법으로 명령을 내리는데 어떻게 찾는단 말인가?

모습을 드러내지 않는 적을 찾는 것은 애초에 불가능하다.

"굉장히 조심성이 강한 녀석이군요."

재중은 라스푸틴이 이 정도로 자신의 정체를 숨길 줄은 몰랐기에 난감한 표정을 지었다.

카디스도 덩달아 미안한 표정이 되었다.

알게 모르게 재중의 도움을 많이 받은 상황에 그걸 갚을 수 있는 방법이 애매해져 버렸다.

하지만 완전히 방법이 없는 것은 아니었다.

재중이 슬쩍 바네사를 쳐다보자,

"왜요?"

"저 녀석의 기억을 한 시간 정도 지워 버릴 수 있나?"

"한 시간이나요?"

재중은 침술을 시전하기 전 10분과 침을 뽑고 나서 10분 정도 기억까지 잊어버린다는 말을 기억하고 물었다.

혹시나 기억 소거를 임의로 조정할 수 있는지 궁금했다.

"음, 최대 30분까지는 저도 기억을 지운 적이 있긴 한데… 한 시간까지는 해본 적이 없어요."

씨익~

자신 없다는 듯한 바네사의 말이지만 필요한 것은 모두 들은 셈이다.

"그럼 되겠군."

어차피 지금 바네사가 사용한 침은 재중의 몸과 완벽하게 일체화된 나노 오리하르콘이다.

어떻게 알람을 저렇게 만들었는지 근본적인 이론 자체는 재중으로서도 알 수 없다.

하지만 지금 당장 알람의 어떤 부분을 어떻게 만져서 기억을 건드리는지는 알 수 있었다.

단 한 가지, 기억을 건드리며 시간까지 조정이 가능한지의 확답만 필요했다.

저벅저벅.

바네사가 이미 30분까지 시간을 늘려봤다면 재중도 가능할 것이다.

자신의 드래곤의 감각과 마나를 조종하는 능력, 그리고 나노 오리하르콘이라는 특수한 도구라면 말이다.

*   *   *

"헐, 어떻게 제 침술을 한 번 보고 따라 할 수 있는 거예요?"

바네사는 정말 기가 막힌다는 표정으로 괴물 보듯 재중을 쳐다보았다.

사실 무력이야 이미 넘사벽이니 그렇다고 할 수도 있다.

하지만 바네사 자신도 원리를 모르는 침술을 딱 한 번 보고 자신보다 더욱 능숙하게 사용하는 것은 기가 막힐 일이었다.

하지만 그런 바네사에게 재중은 피식 웃을 뿐 아무 말도 하지 않았다.

굳이 설명할 이유도, 필요도 없었다.

"혹시나 해서 1시간 30분의 기억을 통째로 날렸지. 그러면 녀석은 CIA를 만난 것까지 기억하지 못할 거야."

"……?"

바네사는 재중의 말에 고개를 갸웃거렸다.

CIA를 만나지 못했다면 너무 많은 기억을 지워 버렸다는 생각이 든 것이다.

"어떻게 하든 녀석이 라스푸틴에게 연락하게 만들기만 하면 되는 것 아닌가?"

재중의 당당한 말에 카디스와 바네사는 저도 모르게 자연스럽게 고개를 끄덕였다.

하지만 눈동자는 여전히 의문이 가득 들어 있다.

"그럼 다시 이 녀석을 데려다 놓아야겠지."

그리고 재중은 알람에게 꽂은 침을 뽑은 뒤 그대로 그녀의 목덜미를 쥐고 사라져 버렸다.

"도대체 무슨 생각을 하는지 이해를 못하겠네요."

바네사는 아직 재중이 드래곤이라는 것을 알지 못하기에 툴툴거리듯 한마디 했지만 카디스는 그저 조용히 입을 다물었다.

전설에 나오는 잊힌 존재가 재중이 아니던가?

분명히 무슨 생각이나 방법이 있을 것이라고 생각한 것이다.

물론 완전히 100% 믿는 것은 아니지만 말이다.

                    *   *   *

　한편, 다시 재중이 모습을 드러낸 곳은 조금 전 알람을
잡은 CIA 녀석들의 시체가 있는 곳이다.

　"……?"

　그런데 어찌 된 일인지 도착한 곳을 둘러본 재중은 고
개를 갸웃거렸다.

　CIA 요원들의 시체 중 한 구가 없어진 것이다.

　그런데 너무 깨끗하게 없어졌다.

　짐승이라면 건장한 남자의 시체를 들고 나를 수 없기에
분명히 흔적을 남겨야 한다.

　한데 어찌 된 일인지 아무런 흔적이 없었다.

　"테라."

　─네, 마스터.

　"주변 흔적을 모두 조사해."

　─네~

　재중은 조사보다 먼저 해야 할 일이 있기에 자신이 나
서지 않고 일단 테라에게 명령을 내렸다.

　우선 테라에게 조사를 일임한 뒤 재중은 CIA 팀장의 시
체가 박혀 버린 SUV 차량으로 다가갔다.

　그리고 그 옆에 아직 정신을 차리지 못한 듯 멍한 알람

을 내려놓고 그대로 싸대기를 후려쳤다.

찰싹!!

그러고는 조용히 어둠 속으로 모습을 감춘 뒤 알람을 주시하기 시작했다.

부르르르르.

재중의 싸대기를 맞고 10여 초가 흘렀을까?

멍하던 알람의 눈동자가 서서히 정상으로 돌아오더니 순간 알람이 벌떡 일어섰다.

─헉헉헉!

깨어난 알람이 주변을 살펴보더니 피비린내가 진동하는 모습에 얼굴을 한껏 찌푸렸다.

─어떻게 된 거지? 누가 CIA 요원을 죽인 거야?

알람은 천천히 뒤로 넘겨진 두건을 다시 쓰고서 시체의 곁으로 다가가 살피더니 표정이 급격하게 굳었다.

─…….

깨끗하게 목이 잘린 단면에 묻어나는 흑마법사 특유의 어둠의 마나 향기를 맡은 것이다.

그리고 현재 지구상에서 어둠의 마나를 사용하는 흑마법사는 오로지 라스푸틴과 그의 제자들뿐이다.

─어떤 자식이… 뒤통수를……!

재중의 침술로 인해 기억이 통째로 날아가 버린 알람이

었다.

자신이 요원들을 죽였다는 것을 기억하지 못하는 상태인데 다크 윈드 커터의 흔적을 발견한 것이다.

당연히 알람으로서는 자신을 제외하고 생각할 수밖에 없었다.

거기다 사실 말은 하나로 묶어서 라스푸틴의 제자라고 하지만 서로가 언제든지 뒤통수를 쳐서 처리해야 하는 경쟁자에 불과했다.

그래서 알람은 자신의 기억에 시간적 괴리가 있다는 것을 전혀 생각하지 못했다.

더군다나 제자 중에서 가장 강한 알람이다.

누가 자신을 잡아다가 기억을 지웠을 것이라는 생각은 애초에 할 수도 없었다.

ー쳇, 우선 뒤처리부터 해야지. CIA 녀석들과 부딪쳐 봐야 좋을 게 없으니.

알람은 자신이 죽였다고는 전혀 생각하지 않았지만 그래도 그들의 눈에는 흑마법사는 다 똑같은 존재로 비춰질 것이 분명했다.

그렇기에 좋든 싫든 어쩔 수 없이 자신이 뒤처리를 할 수밖에 없었다.

ー디그.

펑!

―응?

시체를 한곳에 모아 태울 목적으로 중앙에 작은 구덩이를 만들려 디그를 사용한 알람이었다.

딱히 특별할 것도 없는 어렵지 않은 마법인데 알람은 마법이 발동되자 뭔가 이상한 느낌을 받았다.

―뭐지?

딱히 무엇이 이상하다고 말할 수는 없었다.

한데 평소 자신이 마법을 쓰던 것과 달리 살짝 이질적인 느낌이 들었다.

알람이 이상한 기분을 떨칠 수 없어 손을 한번 살펴보고 마나를 활성화시켰다.

화르륵~

하지만 여느 때와 같은 검붉은 빛깔의 마나가 일렁거려 고개를 갸우뚱거렸다.

―음, 달라진 건 없는데… 착각인가?

마나는 한번 오염되면 절대로 되돌릴 수가 없다.

이건 마법을 배우는 자들에게는 거의 정설이나 마찬가지인 사항이다.

이미 흑마법에 오염된 마나를 사용하는 알람은 이상한 느낌이 들긴 했지만 막상 변한 게 없으니 대수롭지 않게 생각했다.

어차피 오염도가 진해질 때마다 살짝 이질감이 느껴지긴 했다.

—텔레키네시스.

그리고 염력 마법으로 시체를 모두 모은 알람은 마지막으로 SUV 차량을 쳐다봤다.

누군가 쑤셔 넣은 듯 문짝에 팀장의 시체가 처박혀 있다.

—데스 나이트라도 끌고 왔던 건가?

일반적인 방법으로는 인간의 몸을 강철로 만든 SUV 차량 문짝에 쑤셔 박는 것은 절대 불가능하다.

하지만 알람이 알고 있는 상식 안에서 데스 나이트라면 가능했다.

중얼거린 알람이 역시나 팀장의 시체도 염력 마법으로 억지로 뽑아 구덩이에 넣어버렸다.

—모든 것을 깨끗이 지우는 마나의 불꽃이여, 모든 것은 결국 무로 돌아갈 지어다. 데스 파이어!

알람이 뼈까지 모두 태워 마나로 돌려보낸다고 알려진 데스 파이어를 사용했다.

그러자 특이하게도 시체들의 몸에 검붉은 불꽃이 피어오르면서 타들어가기 시작했다.

불과 몇 분이 지났을까, 그 많던 시체가 모두 흔적도 없이 사라졌다.

—이건 따져야 해. 감히 내 구역에서 뒤통수를 쳐?

모든 일을 끝내고 나자 그제야 다시 화가 난 표정으로 변한 알람이다.

알람은 무언가 결심한 듯 굳은 표정으로 주변을 한번 둘러보더니 공간이동으로 사라져 버렸다.

그리고 알람이 사라진 직후 재중이 그림자 속에서 모습을 드러냈다.

"알력 다툼이라…… . 후훗, 뭐 오히려 일이 잘 풀린 건가?"

재중은 정신을 차린 알람이 이미 죽어버린 CIA 요원들의 시체를 보고 다른 제3의 존재나 아니면 마나의 인도자들의 습격이 있었을 것으로 착각해 라스푸틴에게 연락을 취하도록 할 생각이었다.

물론 본인 모르게 심장에 인공 서클을 만들어준 뒤였다.

마침 테라가 패밀리어를 만들려고 준비해 둔 인공적으로 마법을 사용하게 해주는 마나석이 있기에 가능한 일이었다.

알람의 몸속에 넣을 때는 나노 오리하르콘으로 살을 찢

고 집어넣은 다음 감쪽같이 봉합해 버렸다.

전혀 티가 나지 않는 처치여서 알람 본인은 자신의 몸에 무슨 일이 일어났는지 전혀 모르고 있다.

—마스터.

"응?"

—찾았어요.

"그래?"

—네. 그런데 제 발로 도망간 듯해요.

"제 발로?"

재중은 다크 윈드 커터의 공격에 목이 잘린 시체가 제 발로 도망갔다는 말에 고개를 갸웃거렸다.

—운이 좋은 건지 목에 반쯤 상처가 있지만 즉사는 피한 것 같아요. 하지만 출혈이 심해졌는지 15미터 뒤쪽에 시체로 있는 걸 제가 확인했어요.

"그래? 그럼 됐어."

어차피 죽어버렸다면 상관없었다.

혹시라도 다른 누군가가 시체를 가져갔다면 재중도 신경이 쓰였을 것이다.

하지만 이미 죽어버렸다면 더 이상 신경을 쓸 필요가 없었다.

—그런데 이 시체, 처리할까요?

"그래, CIA에서 움직이면 우리도 불편하니까."

—네.

알람이 굳이 CIA 요원들의 시체를 처리한 것은 다른 이유가 있는 것이 아니었다.

무력이 약하다고는 하지만 그래도 상대가 CIA였기 때문이다.

결코 방심해서 흔적을 남길 필요는 없었다.

그리고 재중도 그건 알람과 마찬가지였다.

흑마법사와의 싸움에 CIA까지 끼어든다면 그것만큼 피곤한 일이 없다.

거기다 검은 슈트와 클론까지 생각하면 머리만 복잡해질 뿐이다.

Chapter 05
바네사를 찾아라

재중귀환록

그리고 얼마 뒤, 재중과 알람의 걱정은 현실로 드러났
다.

"여기서 신호가 끊겼다는 거지?"

"네, 지부장님."

재중이 마지막 남은 녀석의 시체까지 깨끗하게 처리하
고 난 뒤 십여 분이 흘렀을 쯤이었다.

현장에 CIA 요원들이 들이닥쳤다.

그것도 알람과 거래한 요원들보다 훨씬 경험이 많고 윗
선에 있는 요원으로 보였다.

"신호가 끊긴 지 얼마나 됐지?"

"두 시간 정도 됩니다."

"흐음."

두 시간이라면 사실상 시간이 많이 흐른 셈이다.

특히나 특수훈련을 받은 CIA 요원들이 신호가 끊겼다는 것을 생각하면 상대도 결코 평범한 사람이 아니라는 말이다.

"주변에 흔적은?"

지부장이 나직하게 요원에게 물었다.

"그게… 마나 경보기가 작동한 흔적이 있습니다."

"마나 경보기?"

"네, 여기 보십시오."

요원이 지부장에게 팀장이 설치한 마나 경보기를 건넸다.

"마나의 인도자들을 만난 건가?"

지부장의 얼굴이 굳었다.

마나 경보기를 사용하는 경우는 오직 한 가지 경우밖에 없었다.

"그보다 바네사 리올레에 관한 자료는 어떻게 됐지?"

지부장은 사라진 팀원들이 조사하고 있던 바네사에 대해 물었다.

"우선 그들의 PC를 살펴본 결과 생존해 있는 것은 확실하다는 결론입니다."

"역시 살아 있단 말이지."

지부장의 입가에 미소가 그려지기 시작했다.

그런데 그 미소는 그리 오래가지 못했다.

"그리고 선우재중과 함께 마나의 인도자를 이끄는 6인과 같이 있다는 정보도 찾았습니다."

멈칫!

지부장은 얼굴이 굳어버렸다.

선우재중은 어차피 지부장이 알기로 갑자기 돈을 많이 번 졸부에 지나지 않았으니 관심 밖인 인물이다.

하지만 마나의 인도자를 이끄는 6인이라면 사정이 완전히 달라질 수밖에 없다.

한 개인이 걸어 다니는 전술핵으로 불리는 자들이 바로 마나의 인도자들이다.

물론 그들이 이치를 벗어난 무력을 사용하지 않는 것은 알고 있다.

하지만 그래도 CIA의 시선으로 보자면 잠재적 위험 요소인 것이 사실이었다.

그런데 그런 위험 요소와 자신들이 찾고 있는 바네사가 같이 있다니 상당히 곤란할 수밖에 없는 상황이다.

"그럼 MI6는 어떻게 됐지?"

"이미 철수한 것으로 드러났습니다."

"이미 철수했다고? 그럼 왜 그게 나에게 보고가 들어오지 않은 거지?"

지부장이 신경질적으로 요원에게 되물었다.

하지만 사실 지금 보고하고 있는 요원은 아무런 잘못이 없었다.

"그게… 제가 찾아낸 정보를 종합해서 추리하면 의외로 쉽게 알 수가 있습니다."

"말해봐."

"제 생각에는 MI6가 마나의 인도자들과 함께 있다가 무슨 이유인지 몰라도 갈라선 것 같습니다."

"하긴… 그렇지 않고서야 그 녀석들이 순순히 물러날 리가 없지."

지부장도 고개를 끄덕였다.

정보를 수집하고 빼내는 스파이의 특성상 집요하게 물고 늘어지는 성격은 CIA나 MI6나 똑같았다.

하지만 그런 MI6가 조용히 돌아갔다면 이유는 하나뿐이다.

마나의 인도자를 이끄는 6인과의 결별.

어떤 이유인지는 정보가 없기에 알 수 없지만 MI6가 그리스를 이미 떠난 것은 확실했다.

"문제는 여기서 발생한 것 같습니다, 지부장님."

"문제?"

"네, 라펠로 팀장이 이끄는 팀원들은 바네사 리올레의 생존을 확인, 다시 본부로 데리고 오는 것이 임무였습니다."

"그렇지."

"하지만 사라져 버린 것 같습니다."

"…바네사 리올레? 아니면 마나의 인도자를 이끄는 6인의 수장?"

지부장의 물음에 요원은 조용히 대답했다.

"모두입니다."

"모두? CIA 감시망에서 무려 한두 명이 아닌 여러 명이 감쪽같이 사라졌다는 건가?"

"네. 그리고 제가 MI6가 머물던 안전 가옥까지 확인해 본 결과 도청장치도 사라졌습니다."

"들켰군. 우리가 감시하고 있다는 것을."

"네, 그런 것 같습니다."

지부장은 요원의 말을 들은 뒤 나름대로 판단을 내렸다.

6인의 수장이 자신들을 감시하는 CIA의 존재를 알고

MI6는 돌려보내고 자기들만 흔적을 완전히 감췄다는 결론이었다.

뭐 논리적으로 생각하면 가장 가능성이 높은 추측이었다.

사라진 팀원들이 가지고 있는 정보도 그것을 뒷받침하고 있다.

"그럼 바네사 리올레도 6인의 수장과 같이 있겠군."

"그럴 것으로 생각됩니다."

"곤란하게 됐군. 그년이 필요한데……."

지부장은 곤란한 표정을 지으면서 품에서 요원들만 쓰는 휴대전화를 꺼냈다.

"접니다. 네, 아무래도 사라진 것 같습니다. 그리고 마나의 인도자를 이끄는 6인의 수장과 같이 있는 것으로 판단됩니다. 네, 네. 네, 알겠습니다. 그럼."

짧게 필요한 보고만 하고 명령을 받은 지부장이 휴대전화를 다시 품에 넣고 요원을 쳐다봤다.

"본부에서는 수단과 방법을 가리지 말고 바네사 리올레를 찾으라는 명령이다."

"네? 6인의 수장과 충돌할 가능성이 높은데도 말입니까?"

요원은 지부장의 말에 놀란 듯 쳐다보며 물었다.

"그래, 국장님 지시다."

"아니… 누구보다 6인의 수장을 건드리면 안 된다는 것을 잘 아시는 국장님께서… 어째서 그런 명령을……."

킬러들에 마나의 인도자는 절대로 건드리지 말아야 한다는 불문율이 있듯이 그것은 정보국 요원들에게도 마찬가지였다.

실수로라도 마나의 인도자 한 명이 미쳐서 CIA 본부를 테러라도 한다면?

그건 역사상 가장 무시무시한 테러가 될 수도 있었다.

아니, CIA에서 끝나지 않고 백악관을 건드리기라도 하면 수습은 아예 불가능할 터였다.

이건 국제적인 망신을 넘어 나라의 위상이 땅으로 떨어질 수도 있는 중요한 문제였다.

"나도 모른다. 하지만 국장님도 윗선에서 명령을 받은 듯하니 별수 있나. 우리는 위에서 시키는 대로 해야지."

"하아, 지부장님, 아차 하는 순간 저희 전원이 흔적도 없이 사라질 수도 있습니다."

나름 현장 경험이 풍부한 요원은 노골적으로 지부장의 명령에 싫은 표정을 지었다.

하지만 이미 명령이 내려온 이상 다른 방법이 없었다.

CIA를 관두지 않는 이상 시키면 시키는 대로 할 수밖에 없다.

"모든 위성을 집중시켜. 그리고 추적해라. 버드 프로젝트까지 부숴 버린 이상 우리도 그냥 물러날 수는 없다."

"알겠습니다."

요원은 별수 없이 고개를 끄덕이고 물러났다. 하지만 머릿속으로는 전혀 다른 생각 중이었다.

'아씨, 그냥 때려치워? 이건 기름통을 들고 불난 주유소에 뛰어드는 격이잖아. 젠장!'

촉망받는 CIA 요원이지만 그래도 이건 아니다 싶은 것이다.

국가를 위해서 핵무기를 저지하는 임무라면 기꺼이 목숨을 바칠 각오가 되어 있다.

하지만 마나의 인도자를 이끄는 6인의 수장과 함께 있는 바네사 리올레를 데리고 오라니 이건 아예 말도 안 되는 미친 짓이었다.

잘못하면 미국 본토가 쑥대밭이 될 수도 있었다.

하지만 그것보다 지금 그의 머릿속에 가장 의문이 드는 것은 따로 있었다.

바로 바네사 리올레였다.

'도대체 그녀에게 무슨 비밀이 있길래… 이미 죽은 사람이던 흔적을 뒤지더니 끝까지 찾아서 데려오라는 거지?'

요원은 뭔가 자신이 알지 못하는 대단히 중요한 것이 있다는 느낌을 받았지만 알 길이 없었다.

눈치를 보니 자신의 상관인 지부장도 그에 대해서는 전혀 모르는 눈치다.

'아, CIA에 괜히 들어왔나.'

그는 처음으로 CIA 요원이 된 것이 후회되었다.

한편 그 누구도 모르게 CIA 요원들을 내려다보는 이가 있었다.

'바네사를 왜 저렇게 집요하게 찾는 거지?'

재중은 존재감을 완전히 지워서 자연과 완전 일체화시킨 뒤 CIA의 반응을 살펴보던 중이었다.

그런데 이상하게 바네사를 집요하게 찾고 있는 CIA의 모습에 의문이 들었다.

처음에는 그냥 요원들을 암살한 대가를 치르게 하기 위해 바네사를 찾는다고 생각했었다.

하지만 지부장이 요원에게 내리는 명령을 들은 재중은 생각을 바꾸었다.

요원을 죽인 대가라면 잡아 오는 것이 아니라 그 자리에서 죽이라고 명령을 내리는 것이 정상이다.

하지만 지부장은 국장이 직접 데려오라고 명령했다고 했다.

그에 재중은 왠지 자신이 알지 못하는 무언가를 CIA는 알고 있다고 여겼다.

그리고 재중의 호기심을 더욱 자극한 것은 CIA가 6인의 수장과의 충돌을 감수하고서까지 바네사를 찾는다는 것이다.

자칫 미국 본토가 위험할 수도 있는 상황까지 감수하겠다는 거였다.

그건 정말 절박하거나 아니면 미국 본토와 맞먹는 중요한 일이 있다는 뜻이다.

'본인에게 물어보는 것이 가장 빠르겠지.'

심장에 테라가 만든 인공 마나석을 가지고 있는 알람이다.

그녀가 지구 어디에 있든 찾을 수 있기에 재중은 느긋하게 우선 자신의 궁금증부터 풀려는 듯 조용히 사라졌다.

＊   ＊   ＊

"CIA 국장이 저를 찾는다구요?"

바네사는 재중의 말에 오히려 더 놀라는 표정을 지었다.

그것도 진심이다.

바네사의 눈을 살펴본 재중이 보기에도 정말 CIA 국장까지 자신을 찾고 있다는 것에 놀라는 모습이었다.

재중으로서도 의아할 수밖에 없었다.

바네사 본인도 모르는 것을 CIA 국장은 알고 있다는 것이니 말이다.

물론 지금의 재중만큼이나 바네사도 황당하긴 마찬가지였다.

알람을 데리고 간 재중이 돌아오더니 대뜸 자신을 데리고 작은 방으로 와서 하는 말이 CIA 국장이 자신을 애타게 찾고 있다고 하는 것이다.

바네사로서도 놀라지 않을 수 없었다.

거기다 더욱 황당한 것은 CIA는 바네사가 6인의 수장과 같이 있다는 것을 알고 있다는 것이다.

그런데도 불구하고 자신을 끝까지 데리고 가려고 한단다.

즉 6인의 수장과 충돌하더라도 바네사를 포기하지 않겠다는 말과 같다.

"혹시 CIA 국장이 미친 건 아닐까요?"

아무리 생각해 봐도 CIA 국장이 미치지 않고서야 이럴수는 없었으니 말이다.

6인의 수장과 충돌하면서까지 겨우 배신자인 자신을 찾는다는 것은 말도 안 되는 일이었다.

"과연 CIA 국장으로 앉아 있는 사람이 미쳤다고 그런 명령을 내릴까?"

"역시나 아니겠죠. 백악관에서 알게 되면 국장 본인이 위험할 테니."

"그렇지."

미국 본토가 위험할 수도 있는 명령을 CIA 국장이 내렸다는 것은 달리 생각하면 백악관에서 명령이 내려왔다고 봐도 된다.

"그럼 백악관에서 왜 너를 그렇게 찾는 거지?"

재중이 다시 원점으로 돌아가 질문했지만 역시나 바네사는 고개를 흔들었다.

"전 CIA에서 훈련한 기간을 빼면 불과 몇 개월 요원으로 활동했을 뿐이에요."

그랬다.

바네사는 첫 임무에서 버려진 요원이었다.

그러니 더더욱 CIA에서 이토록 집요하게 추적하는 것은 상식적으로 이해가 가지 않았다.

"그럼 누구한테 물어봐야 지금 내 궁금증을 풀어줄 수 있을까?"

"네?"

재중의 표정이 개구쟁이처럼 변하는 모습에 바네사는 순간적으로 온몸에 소름이 돋았다.

무언가 자신이 생각지 못한 짓을 저지를 것 같은 느낌이 든 것이다.

"그거야… 저도 모르죠."

바네사는 애써 표정을 숨기면서 대답했지만 재중의 표정은 그대로였다.

"정말 몰라?"

"네? 그게… 그러니까… 으음."

재중의 알고 있다는 듯한 표정을 유심히 쳐다보던 바네사는 그제야 재중이 무엇을 생각하는지 알아챈 듯 놀라며 벌떡 일어섰다.

탁!

갑자기 일어났기에 앉아 있던 의자가 뒤로 넘어졌지만 그런 것은 상관없었다.

지금 바네사가 생각하는 것이 맞는다면 이건 미친 짓이었다.

"재중 님, 설마……."

씨익~

"백악관으로 가서… 미국 대통령에게… 직접 물어보려

는 건 아니죠?"

CIA에 최종적으로 명령을 내릴 수 있는 위치에 있는 사람, 미국의 본토가 위험할 수도 있을 이런 작전을 승인할 수 있는 유일한 사람은 아무리 생각해도 미국의 현직 대통령뿐이었다.

그리고 재중이 지금 저렇게 웃는 것을 보건대 결코 좋은 의도로 백악관을 찾아가는 것은 아닐 것이다.

"그게 가장 빠르잖아? 안 그래? 가장 높은 명령권자가 모른다면 하나씩 아래로 내려가면 누군가는 알겠지."

"……."

할 말을 잃어버린 바네사였다.

마치 백악관의 미국 대통령을 옆집 친구 만나러 가듯 말하는 재중이다.

"재중 님, 당신이 아무리 강해도 그건 말도 안 돼요."

바네사는 말도 안 된다면서 재중을 말리려고 했다.

하지만 그것보다 빠르게 재중의 손이 바네사의 손목을 잡았다.

그리고 다음 순간,

슉!

재중과 바네사는 공간 속으로 사라져 버렸다.

당연히 다시 모습을 드러낸 곳은 황당하게도 백악관이

내려다보이는 빌딩의 옥상이다.

"하아, 이건 미친 짓이라구요. 그리고 저는 왜 데리고 온 건데요?"

바네사는 무엇보다 이제 좀 마음잡고 살려고 하는데 그러지 못하게 호랑이 소굴에 자신을 데려온 재중의 행동에 화가 난 듯했다.

바네사가 날카로운 눈빛을 하고 재중을 향해 짜증을 냈다.

"궁금하지 않나?"

"네?"

"너의 일이잖아. 그런데 궁금하지 않으면 그게 더 이상한데 말이야."

재중의 말에 바네사는 순간 입을 다물었다.

사실 MI6와 재중의 일행이 헤어진 것도 조금은 바네사의 영향이 있었다.

거기다 재중이 검은 슈트의 습격을 받은 것도 알고 보면 바네사 때문이다.

"나라면 궁금해서라도 먼저 찾아왔을 텐데 말이야."

"그렇다고 백악관을 쳐들어간다는 건 말이 안 되잖아요."

미안하긴 하지만 바네사에게 그것과 이건 전혀 다른 문

제였다.

바네사가 순간 발끈해서 소리쳤지만 재중은 오히려 더욱 개구진 표정으로 변할 뿐이었다.

그리고 재중이 그런 표정으로 바네사에게 천천히 다가와 말했다.

"현직 미국 대통령의 머리에 자백 침술을 써보고 싶지 않아?"

오싹!

마치 아무것도 아닌 것처럼 말하는 재중이었지만 듣는 바네사는 온몸에 소름이 돋았다.

Chapter 06
백악관

재중귀환록

현직 대통령의 머리에 자백 침술을 시술한다는 것은 생각도 해본 적이 없다.

　"…미쳤어요?"

　"뭐 어때? 기억을 지우면 되지. 후후후후후후훗."

　바네사는 방금 재중의 웃음에 직감했다.

　'진심이야. 정말로 그럴 셈으로 나를 데리고 온 거야. 미쳤어, 미쳤어.'

　"난 지금 정상이야, 바네사."

　멈칫!

속마음이 들킨 듯 바네사의 어깨가 살짝 떨렸다.

하지만 바네사는 유능한 킬러답게 바로 웃으면서 표정을 풀었다.

"그런데 어떻게 들어갈 건가요?"

이미 재중이 그렇게 하기로 했다면 자신의 반항이 의미가 없다는 것을 잘 아는 바네사다.

결국 바네사가 한숨을 쉬면서 물었다.

"어쩌긴, 걸어서 들어가는 거지. 이렇게 말이야."

재중이 바네사의 손을 잡더니 그대로 옥상 끝으로 걸어가는 것이 아닌가.

"미쳤어요?! 거기 낭떠러지예요! 거기다 여긴 고층이라구요!!"

"알아."

어떻게든지 살려고 발버둥치는 바네사였지만 재중에게 잡힌 손목을 빼낼 수가 없었다.

"아악! 아악! 떨어진다! 떨어진다!"

점점 더 낭떠러지가 가까워질수록 바네사의 눈동자는 절망으로 바뀌어갔다.

옥상에서 완전히 발이 떨어지자 본능적으로 눈을 감아버린 바네사다.

"눈 떠. 안 죽어."

"……?"

그런데 이상했다.

분명 옥상 끝에서 발이 떨어졌으니 아래로 추락하고 있어야 했다.

한데 전혀 그런 느낌이 없었다.

물론 발밑에 무언가 밟고 섰다는 느낌도 없었다.

하지만 떨어진다는 느낌도 들지 않았다.

뭔가 이상해 살짝 눈을 떠본 바네사는 너무 놀라서 턱이 빠질 듯 벌어졌다.

"벌레 들어간다."

"헙!"

재중의 장난에 순간 입을 다물었다.

하지만 그런다고 충격이 가시지는 않았다.

바네사는 정말 평생 겪어보지 못했고 상상도 못 해본 황당한 경험을 하는 중이다.

"저… 지금 하늘을 걷고 있는 거죠?"

"응."

"헐! 대박!"

자신이 방금 전까지 있던 초고층 빌딩을 돌아보니 이미 거리가 많이 벌어져 있다.

그냥 평지를 걷듯 허공에서 발걸음을 옮길 때마다 앞으

로 나아가고 있다.

마치 하늘에 길이 나 있는 것처럼 말이다.

"정말… 저희… 걸어서 백악관으로 가는 거예요?"

"불만이면 날아서 갈까?"

순간 재중의 말에 그래볼까 하는 생각이 들었지만, 곧바로 머릿속에서 생각을 지워 버렸다.

지금 걷는 것도 놀라운데 날아간다니, 왠지 더 무서워질 것 같은 느낌이 들었다.

하지만 걷는 것보다 차라리 날아서 가는 것이 재중에게는 더 편하다는 것을 바네사는 알 리 없었다.

걷기 위해서는 허공에 마나를 압축해서 보이지 않는 길을 만들어야 한다.

즉 재중이 계속해서 신경 써야 한다는 말이다.

하지만 날아가는 건 그저 테라가 플라이 마법을 한번 걸어주면 끝이다.

알고 보면 날아가는 게 더 편할 수밖에 없다.

"그런데 누가 보면 어떻게 해요? 그리고 백악관의 경보 시스템이 작동하면 우린 그냥 총알받이가 될 텐데."

하늘을 걸어가는 것은 확실히 대단한 일이긴 했지만 상대가 백악관이다.

자체적으로 백악관은 미사일부터 세계적으로 가장 최

첨단 방어 시스템이 갖춰진 곳이다.

즉 지금처럼 걸어서 간다면 그냥 죽으러 가는 것이나 다름없었다.

하지만 재중은 그런 바네사의 걱정에 피식 웃었다.

'테라.'

―네~ 바로 인비저블 갑니다, 마스터.

기다렸다는 듯 테라가 투명화 마법을 걸어주었다.

그러자 이미 존재감을 바닥까지 떨어뜨린 재중과 함께 바네사의 모습도 순식간에 사라져 버렸다.

그런데 그게 끝이 아니었다.

―스텔스 실드.

전파를 흡수해서 레이더에 걸리지 않는 스텔스의 특성을 그대로 적용해서 만든 특수 실드가 재중과 바네사를 동그랗게 감싸면서 완전히 보호했다.

혹시나 있을지 모를 레이더 경보망에 걸리지 않도록 아예 스텔스 실드까지 쳐버리자 더 이상 무서울 것이 없었다.

즉 지금 재중이 마음만 먹으면 백악관을 흔적도 없이 세상에서 지워 버려도 그 누구 하나 원인도 범인도 알 수가 없다는 뜻이다.

"마법사는… 사람이 맞아요?"

씨익~

라스푸틴이 어떨지는 모르지만 6인의 수장 중이라면 그 누구도 재중이 한 것을 할 수 있는 사람은 없었다.

하지만 재중은 굳이 그에 대해 바네사에게 설명해 주지 않았다.

물론 별다른 이유가 있는 건 아니고 단지 귀찮았기 때문이다.

─잠시만요, 마스터. 백악관 주변에 마나 경보기가 설치되어 있어요.

'부숴 버리면 경보 시스템이 작동하겠지?'

─네. 아마 백악관 전체 경보 시스템과 연결되어 있을 가능성이 높아요.

'그럼 작동을 하면서 감지 못하게 하면 되지 않나?'

─뭐 그런 거라면 한 가지 방법이 있죠.

테라는 그대로 재중의 그림자에서 살짝 벗어나 백악관으로 향했다.

그리곤 백악관을 빠르게 돌아다니며 마나 경보기 주변의 마나 흐름을 멈추게 하는 결계를 걸었다.

설명하자면 마나가 흐르지 않으니 경보기도 무용지물이 된 것이다.

그렇다고 고장 나거나 부서진 것도 아니기에 경보 시스

템은 반응하지 않았다.

한마디로 백악관을 지키던 성문이 열린 것이다.

"다 왔군."

"그러게요. 진짜 백악관을 걸어서 쳐들어올 줄이야."

사실 위압감과 심리적인 거리감 때문에 멀게 느껴졌을 뿐이다.

재중이 공간이동으로 도착한 빌딩은 백악관에서 불과 100여 미터 떨어졌을 뿐이다.

즉 아무리 천천히 걸어도 몇 분이면 도착할 수 있는 거리였다.

그리고 그 증거로 지금 바네사와 재중은 정확하게 백악관 위에 서 있다.

"그럼 이제 찾아다녀 볼까?"

"그, 그래요."

이미 여기까지 온 이상 어쩔 수 없다는 것은 알고 있다.

하지만 아무리 바네사라도 긴장감에 말을 더듬는 것은 어쩔 수가 없었다.

장소가 장소이다 보니 전직 CIA 요원 겸 킬러도 긴장할 수밖에 없었다.

"여기도 없네."

"그러게요. 벌써 10분 정도 찾아다녔는데."

긴장한 채로 백악관에 들어온 지도 10여 분이 지났다.

하지만 어찌 된 일인지 백악관을 뒤지듯 찾고 있지만 재중이 찾는 현직 대통령의 모습은 보이지 않았다.

워낙에 유명한 인물이다 보니 재중과 바네사는 현직 대통령의 얼굴을 알고 있었다.

그러니 얼굴을 몰라서 찾지 못하는 것이 아니라는 것을 생각하면 정말 이상했다.

그런데 거의 대부분 돌았다는 생각이 드는 순간, 바네사의 머릿속에 숨겨진 방이 떠올랐다.

"차라리 이렇게 된 거, 경보 시스템을 작동시키는 게 어때요?"

"경보 시스템을 작동시킨다?"

"네. 경보 시스템이 작동하면 분명히 여기 경호원들이 가장 먼저 현직 대통령을 보호한 채로 지하의 벙커로 피신할 게 뻔해요. 저희는 그때 같이 지하 벙커로 들어가는 거예요."

확실히 바네사의 아이디어가 괜찮은 듯했다.

이렇게 일일이 찾아다니는 것은 재중이 생각해도 시간 낭비였다.

거기다 쉽게 생각한 것과 달리 백악관에 방이 너무 많

은 것도 문제였다.

'테라.'

―네, 마스터.

'비상시에 지하 벙커로 내려가는 엘리베이터가 어디에 있지?'

―지금 마스터가 계신 곳에서 곧바로 5미터 더 가시면 벽이 있을 거예요. 그 벽이 엘리베이터 입구예요.

'그래, 그럼 지금 즉시 백악관 입구에 적당한 것으로 한 방 터뜨려라. 이왕이면 화려하게.'

―옛썰~ 마스터!

간만에 재중이 마법 사용을 허락하자 신이 난 테라다.

테라가 잠시 생각하더니 입가에 미소를 지었다.

지금 딱 어울리는 마법이 떠오른 것이다.

―파이어 익스플로전!

화르륵~ 꽈광!!

갑자기 백악관 입구 바닥에 불꽃이 피어오르더니 세상 모든 것을 집어삼킬 듯 커지면서 그대로 폭발해 버렸다.

에에에이잉!! 에에에엥!!

동시에 요란한 경보음이 울리더니 방 안에 있던 사람들 이 뛰쳐나왔다.

그 모습을 조용히 지켜본 재중과 바네사의 입가에 미소

가 번졌다.

생각대로 움직여 준 것이다.

"어서 이쪽으로!"

"고개를 숙이십시오! 위험합니다!"

벙커로 가는 유일한 통로인 엘리베이터 입구에 있는 재중의 눈에 다섯 명의 경호원에 둘러싸인 채 다급히 뛰어오는 한 사람이 보였다.

'빙고~'

물론 그는 재중이 그토록 찾아 헤맨 미국 현직 대통령이었다.

"그럼 우리도 움직여 볼까."

재중과 바네사는 대통령이 계획대로 벙커로 내려가는 엘리베이터를 타는 순간 그 자리에서 사라져 버렸다.

공간이동을 사용해 벙커로 바로 이동한 것이다.

*　　　*　　　*

"무슨 일인지 어서 보고해!!"

"갑자기 이게 무슨 일인가?"

"대통령님은 안전하신가?!"

벙커 안은 거의 시장 바닥이나 마찬가지였다.

하지만 곧바로 경호원들과 같이 온 인물들이 자리를 찾아 움직이자 금방 안정을 되찾는 모습에 재중은 조금 놀랐다.

확실히 세계를 움직이는 국가다운 모습이다.

이런 갑작스런 상황에 저렇듯 빨리 안정을 찾을 것이라고는 재중도 예상하지 못했던 일이다.

재중이 이채를 띤 눈동자로 상황을 잠시 지켜보다 손가락을 살짝 들어 올렸다.

―슬립~

―블라인드.

정확한 타이밍에 테라의 마법이 발동되면서 갑자기 벙커 안의 사람들이 영문도 모른 채 쓰러지기 시작했다.

동시에 벙커 안의 모든 감시 카메라가 시커멓게 변해 버렸다.

털썩털썩!

"뭐, 무슨 일인가?!"

대통령은 갑자기 곁에 있는 사람들이 쓰러지자 놀라서 주변을 둘러봤다.

하지만 그의 눈에 보이는 것은 이미 쓰러진 사람들뿐이었다.

"도대체 이게 무슨 일이 벌어지고 있는 거야?"

자신을 제외한 전원이 모두 쓰러지자 대통령은 다급히 버튼을 눌러서 외부와 연락을 취하려고 손을 뻗다가 멈췄다.

물론 스스로 멈춘 것이 아니라 강제로 말이다.

"안녕하십니까, 대통령님?"

환하게 웃는 얼굴의 재중이 대통령의 눈앞에 보였다.

재중의 손이 자신의 손을 잡고 있는 모습에 대통령의 표정이 굳어버렸다.

* * *

"모른다는 거군요."

재중이 웃는 얼굴로 대통령에게 예전에 죽은 것으로 알려진 바네사 리올레를 찾는 이유에 대해서 물었다.

하지만 역시나 모른다는 대답이 돌아올 뿐이었다.

결국 재중이 살짝 옆으로 걸음을 옮기면서 바네사를 쳐다봤다.

"네 차례야."

"알았어요."

바네사로서도 가능하면 현직 미국 대통령에게 자백 침술을 사용하고 싶지는 않았다.

그러나 그렇다고 가만히 앉아서 죽을 날만 기다리고 있
을 수는 없지 않은가.

자신을 노리는 자가 있기에 어쩔 수 없이 대통령 앞으
로 다가갔다.

"뭐, 뭐 하려는 거냐? 이러고도 너희가 무사할 것 같아!!
지금 이곳의 모든 것이 외부에 알려졌을 것이다!"

대통령은 그저 직감으로 눈앞에 나타난 남녀가 자신에
게 무슨 짓을 하려 한다는 것을 느끼고 소리쳤다.

물론 의미 없는 발악이었다.

씨익~

이미 재중이 테라의 슬립으로 벙커 안의 인원을 잠재우
면서 동시에 블라인드 마법으로 모든 감시 카메라의 작동
을 막아버린 상태다.

밖에서 벙커 안의 상황을 알 리가 없으니 지금 대통령
의 협박은 의미가 없었다.

오싹~

대통령은 웃고 있는 재중의 은빛 눈동자와 눈이 마주치
는 순간 온몸이 얼어버렸다.

마치 피가 얼어버린 것처럼 꿈쩍도 할 수 없었다.

"시작해."

스르륵.

커다란 대침을 꺼낸 바네사가 무표정한 얼굴로 대통령의 머리에 하나씩 침을 꽂기 시작했다.

천천히, 그리고 신중하게 말이다.

혹시라도 침의 깊이와 위치가 조금만 어긋나도 미국의 현직 대통령이 바보가 될 수도 있다 보니 신중할 수밖에 없었다.

"끝났어요."

긴장해서 그런지 알람에게 시술할 때보다는 시간이 조금 더 걸린 듯했다.

하지만 그렇기에 더욱 확실하게 자백 침술이 시술된 것처럼 보였다.

"바네사 리올레를 왜 찾는 거지? 6인의 수장을 상대로 충돌할 각오까지 하면서 말이야."

재중이 정신이 멀쩡할 때 물은 것을 다시 물었다.

"모릅니다."

"……?"

"……?"

황당하게도 대통령의 입에서 모른다는 말이 튀어나왔다.

오히려 당황한 건 바네사 쪽이었다.

"이거… 정말 모르는 것 같은데요?"

지금까지 그 어떤 때보다 최고의 집중력으로 자백 침술을 시술한 바네사였다.

하지만 그렇다고 대통령의 말을 믿기도 뭣해 애매한 표정을 지었다.

백악관을 휘저으면서까지 왔는데 정작 현직 대통령은 전혀 모르고 있다.

혹시나 해서 그 후로도 몇 번이나 다시 물었지만, 대통령은 CIA 국장에게 그런 명령을 내린 적이 없다는 대답뿐이었다.

"그럼 현재 당신을 무시하고 CIA 국장에게 명령을 내릴 수 있는 권한이 있는 자는 누구지?"

"마이클 랜필드 상원의원일 겁니다."

"마이클 랜필드?"

그런데 재중은 뜻밖에 자신과 인연이 있는 랜필드라는 성이 튀어나왔다.

재중이 다시 물었다.

"랜필드 가문에 후계자가 둘 있지?"

"네, 데이빗 랜필드와 론도 랜필드가 있지만, 최근에 데이빗 랜필드는 자살로 사망했다고 들었습니다."

맞았다.

재중이 알고 있는 그 랜필드 가문이었다.

확실히 미국에서 상당한 영향력을 가지고 있는 가문일 것이라고 생각은 했었다.

하지만 설마 CIA 국장을 쥐고 흔들 수 있는 권력을 가지고 있을 것이라고는 예상 못했다.

확실히 직접 듣는 것과는 약간의 차이가 있는 법이다.

"악연인가."

재중의 뇌리에 순간적으로 떠오른 생각이다.

처음 데이빗 랜필드와의 충돌은 어쩔 수 없는 우연이라고 생각할 수 있다.

하지만 태평그룹과 론도 랜필드, 그리고 CIA 국장을 움직이는 마이클 랜필드까지 계속 마주치고 있었다.

이쯤 되면 단순히 우연을 넘어서 악연이라고 생각하기 충분했다.

"설마 그 랜필드 가문은 아니겠죠?"

그러고 보니 바네사와의 인연도 어떻게 보면 랜필드 가문이 이어준 셈이다.

랜필드 가문에서 재중을 암살하기 위해 킬러를 고용하지 않았다면 지금 바네사와 재중의 인연은 없었을 것이다.

"맞아. 예전에 너에게 나를 죽이라고 의뢰한 그 랜필드 가문이야."

"헐! 설마 지금 바로 마이클 랜필드 상원의원을 찾아갈 거예요?"

지금까지 한번 결정을 내리면 밀어붙이는 재중의 결단력을 지켜봐 온 바네사가 걱정스런 표정으로 물었다.

"아니. 당장은 아니야."

"에휴, 다행이다."

재중이 아니라고 대답하자마자 바네사는 살았다는 표정을 지어 보였다.

"그렇게 겁나나?"

재중은 오히려 백악관보다 랜필드 가문을 더 두려워하는 바네사의 모습에 슬쩍 물었다.

"킬러들 사이에 떠도는 소문이긴 하지만, 랜필드 가문이 미국의 대통령을 만든다는 말이 있을 정도예요. 그만큼 권력과 재력에서는 미국에서 최고로 알아주는 가문이기도 해요."

"음……."

바네사의 말을 들은 재중은 잠시 생각하더니 확실히 틀린 말이 아니라는 판단을 내렸다.

재중도 쉽게 건드릴 수 없을 만큼 탄탄한 기반을 가지고 있었으니 말이다.

물론 건드렸다가 뒤처리가 귀찮기 때문이긴 하다.

어쨌거나 확실히 백악관보다는 골치 아픈 녀석이 바로 마이클 랜필드 상원의원이었다.

지금 라스푸틴도 괜히 건드렸다가 이 고생을 하고 있다는 것을 떠올린 재중은 고개를 저었다.

바네사가 조금 걸리긴 하지만 이쯤에서 자신이 개입하는 것은 멈추기로 했다.

상황에 따라 라스푸틴보다 랜필드 가문이 더욱 재중을 귀찮게 할 수도 있었다.

더구나 이미 데이빗 랜필드 때문에 악연이 시작된 상황이다.

재중이 이대로 계속 밀고 나갈 경우 둘 중에 하나가 완전히 사라져야 할지도 몰랐다.

―마스터, 잘 판단하셨어요.

테라도 사실 아직 랜필드 가문에 대해서는 아는 정보가 적다 보니 무작정 움직이는 것은 아니라고 판단을 내린 상태였다.

'돌아간다. 백악관을 뒤집었으니 완전히 없던 일로 만들 수는 없겠지만 최대한 흔적을 지워라.'

재중이 더 이상 용건이 사라진 대통령에게서 등을 보였다.

"기다려요."

바네사는 빠르게 미국 대통령의 머리에 박혀 있는 대침을 모조리 뽑고 재중을 따라 움직였다.

슉~!

그리고 재중과 바네사는 사라져 버렸다.

그렇게 두 사람이 사라진 뒤, 테라는 마법 캔슬로 CCTV와 모든 감지 장치, 그리고 강제로 잠재운 사람들을 모조리 깨웠다.

유일하게 미국 대통령만은 깨어 있었지만 그는 아무것도 기억하지 못했다.

결국 백악관 정문 폭파 사건은 경보 시스템의 오작동으로 마무리해 버린 대통령이었다.

대낮에 백악관 정문을 테러당했다고 발표할 수는 없는 일이었다.

물론 발표는 그렇게 하고 대대적으로 사람을 풀어서 어떻게 된 일인지 알아보려고 했다.

하지만 어찌 된 일인지 그날 폭파가 일어난 30분 전과 폭파가 일어난 뒤 30분 사이의 모든 기록이 사라져 버린 상태였다.

마치 누군가 지워 버린 것처럼 말이다.

"도대체 누구냔 말이야!! 감히 이곳에 쳐들어온 녀석들이!!"

미국 역사상 이렇게 완벽하게 테러를 당하고 범인이 감쪽같이 사라진 적이 없었다.

그러다 없다 보니 백악관에서는 한동안 큰소리가 끊이질 않았다.

혹시나 마나의 인도자들이 백악관을 습격한 것이 아니냐는 이야기도 나왔다.

하지만 알아본 결과 그리스에서 갑자기 흔적을 감춘 6인의 수장 외에는 모두 위치가 확인되었다.

그러니 그것도 그냥 넘겨 버릴 수밖에 없었다.

즉 공격은 당했는데 범인이 누군지 전혀 알 수 없는 미제 사건으로 남게 된 것이다.

Chapter 07
낚시질

재중귀환록

40대 중반의 남자가 창문에서 바라보면 끝이 어딘지 모를 넓은 평지를 내려다보고 있었다.

남자가 조용히 창문에서 시선을 돌리자 옆에 20대 초반의 금발의 남자가 기다리는 듯 서 있다가 다가왔다.

"의원님, 알아보시라고 한 내용의 보고서입니다."

금발의 남자가 건넨 서류는 불과 석 장 정도이지만 그 안에 들어 있는 내용은 결코 가볍지가 않았다.

"음, 그러니까 백악관 정문이 폭발할 때 마나가 움직였다는 거군."

"네, 의원님."

"러셀 자네가 보기에는 누구일 것 같나?"

마이클 랜필드 상원의원이 보좌관인 러셀에게 물었다.

"우선 제가 조사한 자료와 모든 것을 종합해 본 결과, 마나의 인도자들은 아닙니다."

마이클 랜필드는 러셀의 말에 피식 웃으면서 서류를 내려놓았다.

"확신하는 듯한 말투군."

랜필드 가문의 현 가주는 아니지만 정계에서 가장 영향력이 강한 마이클 랜필드다.

그의 보좌관으로 있는 러셀은 하버드를 수석으로 졸업한 수재로 정계에서 꽤나 이름이 알려진 인물이다.

당연히 자신이 모시는 의원이라고 쉽게 생각하지 않았다.

"우선 백악관과 별도로 CIA 국장이 보내온 자료를 봐서 아시겠지만, CIA와 6인의 수장은 충돌한 적이 없습니다. 즉 마나의 인도자들이 백악관을 건드릴 명분도 없지만 무엇보다 이유도 없습니다."

"그럼 국장은 뭐라고 했지?"

"제3의 인물이라는 판단입니다."

"제3의 인물? 조직이 아니라는 건가?"

마이클 랜필드는 러셀의 짧은 보고에 그가 말하고자 하는 핵심을 정확하게 파악한 듯 되물었다.

"네, 우선 백악관은 그렇게 허술하지 않으니까요. 조직적으로 움직였다면 분명히 흔적이 남을 수밖에 없습니다. 하지만 이 정도로 흔적이 없다는 것은 최소 한 명에서 최대 세 명으로 판단됩니다. 숫자가 적을수록 흔적이 적거나 아예 남지 않는다는 것은 특수부대의 기본 원칙입니다."

"하긴 내가 활동할 때도 그랬으니까."

의외인 이야기가 나왔다.

마이클 랜필드가 특수부대 출신이라는 것 말이다.

마이클 랜필드는 미국을 움직이는 가문의 사람이지만 델타포스를 나온 경력을 가지고 있었다.

러셀도 마찬가지로 같은 부대 출신으로 둘은 델타포스 시절에 만난 사이다.

그렇기 때문인지 마이클 랜필드와 러셀은 비밀이 없으면서도 그 누구보다 믿을 수 있는 사이였다.

"그래서 용의자를 추렸습니다."

"말해봐."

"우선 버드 프로젝트를 지원해 준 흑마법사와 지배자의 눈을 가진 그녀입니다."

당연히 지금 러셀이 말한 흑마법사는 바로 알람이다.

실제로 CIA에 직접적으로 인연이 닿아 있는 알람이었다.

그런데 지배자의 눈을 가진 그녀라는 말에 마이클 랜필드의 눈빛이 번뜩였다.

"오랫동안 활동이 없던 그녀가 다시 움직였단 말인가?"

마이클 랜필드는 흑마법사보다 오히려 지배자의 눈을 가진 그녀를 더욱 경계하는 듯했다.

"우선 최근에 직통으로 한국에서 백악관으로 연락이 한 번 왔다는 것을 보면 가능성이 있습니다."

그렇다.

지배자의 눈을 가진 그녀는 바로 세프였다.

마도학으로 만든 인공위성을 가진 유일한 존재이자, 지구의 모든 위성과 정보를 자유롭게 가지고 놀 수 있는 존재는 그녀뿐이었다.

마법을 사용해서 만든 인공위성은 애초에 각국의 보안 프로그램을 무시했다.

그렇기에 잠재적인 위험으로 본다면 세프야말로 전 국가가 가장 무서워하는 존재인 것이 분명했다.

"그럼 이번 백악관 테러는 바네사 리올레와 관련이 없다는 거군."

이야기를 아무리 종합해 봐도 그가 CIA 국장에게 내린 명령과는 연관점을 찾을 수가 없었다.

그래서 그가 안심한 표정으로 물었다.

"그렇습니다."

"그럼 언제 그녀를 볼 수 있는 거지? 이대로 마냥 기다리다 보면 유산을 누군가가 먼저 가로챌지도 몰라. 자네도 잘 알겠지만 말이야."

말투는 차분했지만 마이클 랜필드의 눈빛은 그 어떤 때보다 날카롭게 러셀을 쳐다보고 있었다.

"6인의 수장들의 행방을 찾기만 하면 바로 투입하기 위해 버드 프로젝트용 클론 열 기를 대기 중입니다."

"……."

버드 프로젝트, 이건 사실 CIA 단독 프로젝트였다.

백악관도 모르고 있는 것으로 프로젝트의 모든 자금은 바로 랜필드 가문에서 나왔다.

사실 지금 랜필드 가문에서는 마음만 먹으면 현직 대통령도 바꿔 버릴 수 있을 만큼 엄청난 재력과 권력을 가지고 있었다.

한마디로 마이클 랜필드는 상원의원이지만, 스스로가 원해서 뒤에 그림자로 있을 뿐이다.

그가 원한다면 당장 지금 현직 대통령이 있는 곳에 자

신이 앉을 수도 있었다.

주목할 것은 버드 프로젝트에서 알람의 세포로 만든 클론은 총 열네 기뿐이라는 점이다.

즉 지금 러셀이 말한 클론 열 기를 투입한다는 것은 사실상 총력전을 뜻하는 셈이다.

물론 상대가 6인의 수장이기에 그렇게 전력을 다할 수밖에 없을 터였다.

하지만 천문학적인 돈이 들어간 버드 프로젝트를 버릴 각오까지 하면서 바네사를 찾는 것이 더 중요하다는 것이 조금 이상할 따름이다.

사실 재중도 그것이 너무나 궁금해서 직접 백악관까지 움직인 것이다.

"현재 유산의 위치는 저희와 그녀만 알고 있습니다."

러셀이 안심하라는 듯 말했지만, 마이클 랜필드는 고개를 조용히 저었다.

"영원한 비밀은 없는 법이다. 시간문제일 뿐이지."

"명심하겠습니다."

"그럼 이건 이쯤에서 접고, 한국으로 간 우리의 후계자는 뭘 하고 있지?"

"태평그룹을 집어삼킬 준비가 대부분 끝난 것으로 보입니다."

"크크크크큭, 녀석, 역시 후계자답군. 단기간에 작은 땅덩어리지만 그룹 하나를 삼킬 준비를 끝내가다니."

마이클 랜필드는 기분이 좋은 듯 환하게 웃으면서 시가를 꺼내 입에 물었다.

화륵~

타이밍 좋게 러셀의 손이 튀어나오더니 시가에 불을 붙여주었다.

"하지만 날파리가 끼어든 것 같습니다."

"날파리?"

"네, 태평그룹의 소액주주들이 최근에 비슷한 기간에 주식을 판 것이 발견되었습니다."

"누구지, 감히 우리 가문의 일에 겁도 없이 끼어든 놈이?"

깊게 시가를 한 모금 들이마신 마이클 랜필드가 짜증난다는 듯 물었다.

"선우재중입니다."

"또 선우재중인가?"

마이클 랜필드는 선우재중의 이름을 듣는 순간 이상하게 느낌이 좋지 않았다.

"좋지 않아."

나직하게 한마디 하자,

"거슬린다면 다시 킬러를 고용해 보내겠습니다."

러셀이 눈치 빠르게 기분을 살피며 대답했지만 마이클 랜필드는 고개를 저었다.

"이미 한 번 실패한 이상 의미 없는 짓이지. 그리고 선우재중이라는 녀석도 우리가 보냈다는 것은 이미 알고 있을 것이 아닌가. 그럼 오히려 긁어 부스럼 만드는 셈이야."

"그럼 어떻게 할까요?"

"그냥 내버려 둬. 그 정도는 스스로 넘어야 랜필드 가문을 이어받을 자격이 있지."

"알겠습니다."

마이클 랜필드는 선우재중을 그저 랜필드 가문의 후계자인 론도 랜필드가 넘어야 할 작은 장애물쯤으로 생각했다.

랜필드 가문이 많은 돈을 가지고 있다고 알려져 있긴 하지만, 그건 겉으로 드러난 것은 빙산의 일각에 불과했다.

랜필드 가문이 가지고 있는 오랜 역사와 숨겨진 자금력은 알려진 것 이상이었다.

사실 재중이 가진 돈의 수십 배는 가볍게 넘을 정도로 엄청났다.

그러다 보니 마이클 랜필드는 꺼림칙한 느낌은 들었지만 가볍게 치부해 버린 것이다.

어차피 그 정도의 장애물은 살아가면서 수도 없이 만날 터였다.

*   *   *

재중은 백악관에서 돌아와서는 바네사를 두고 세프와 단둘이 움직이는 중이다.

어설픈 힘은 때론 방해만 된다.

6인의 수장들조차 세프에 비교하면 대마법사와 견습마법사 수준의 차이이니 굳이 설명이 필요 없었다.

"세프, 아직도 알람은 조용한가 보지?"

재중은 지금 기다리고 있는 중이었다.

알람이 라스푸틴에게 편지를 보내기를 말이다.

현재 상황에서는 유일하게 재중을 라스푸틴에게 안내해 주는 길이다.

ㅡ네, 이미 제가 설치한 모든 감시 장치를 살펴보면 알람이 편지를 쓰고 있긴 합니다만, 썼다가 찢어버리기를 반복하고 있습니다, 재중 님.

"쩝, 그냥 도와달라는 한 줄이면 끝날 것을."

재중은 생각과 달리 알람의 답답한 행동에 결국 근처에서 기다리기로 한 것이다.

―재중 님.

"응?"

―라스푸틴만 처리하면 은둔하실 생각입니까?

세프가 나직하게 묻자 재중은 생각할 것도 없이 고개를 끄덕였다.

"더 이상은 세계의 균형이 뒤틀릴 위험이 높기도 하고 나도 이제 귀찮다."

사실 세계의 균형보다는 재중이 귀찮다는 이유가 대부분이다.

―그럼 저의 마스터와 함께 지내시는 것은 어떠십니까?

세프가 슬쩍 재중의 눈빛을 보면서 물었지만 재중의 대답은 단호했다.

"드래곤이 자신의 레어를 공유한다? 지나가는 오크가 웃을 일이야."

―…….

재중의 거절에 세프는 입을 다물었다.

사실 재중의 말이 거의 정설이나 마찬가지다.

드래곤은 개개인이 완벽하다고 생각하는 존재이다.

그렇기 때문에 성룡이 되고 나서 자신의 레어 근처로

찾아오는 드래곤도 쫓아버리는 경우가 흔했다.

심하면 자기 레어 근처에 왔다고 서로 죽도록 싸우는 경우도 있을 정도이다.

그러다 보니 지금 세프의 말을 재중이 무시하는 것은 어쩌면 당연했다.

"세라 님의 말은 고맙지만 거절한다고 알려줘."

재중은 이미 세프가 지금 한 말이 세프의 생각이 아니라 크레이언 올드 세이라가 시켰다는 것을 알고 있기에 정중하게 거절했다.

─네, 재중 님.

"뭐라도 먹고 기다리자."

벌써 몇 시간 동안 이곳에 앉아서 알람을 감시한 차였다. 뭐든 먹을 때가 되긴 했다.

하지만 지금 제안은 그보다는 방금 한 거절을 무마하기 위해서 말을 돌린 것이다.

─네.

세프도 눈치껏 재중을 따라 일어섰다.

그런데 그 순간,

─마스터!!

─재중 님!

마치 기다렸다는 듯 재중이 움직이려는 순간 세라와 테

라가 동시에 소리쳤다.

―알람이 드디어 움직여요, 마스터.

―기다린 보람이 있네요.

세프의 입가에 미소가 그려졌고, 재중도 덩달아 웃었다.

드디어 끝이 보이는 듯했다.

"가자."

재중의 모습이 허공에서 사라지자 세프도 뒤따라 사라졌다.

그리고 그들이 다시 나타난 곳은 하늘이었다.

커다란 건물도 개미만큼 보일 정도로 높은 곳이었지만, 재중에게는 아무런 문제가 없었다.

오히려 지금 이 정도가 알람을 감시하기에는 가장 최적의 거리였다.

상대가 마법사인 이상, 잠깐의 방심은 곧 실패로 연결된다.

―의외로 멀리 가는 것 같아요, 재중 님.

세프가 재중의 옆에 편안하게 서서 아래를 내려다보며 말했다.

"하지만 그리 멀리 가진 않겠지. 걸어가는 것을 보면 말이야."

걸어서 움직인다면 기껏 멀리 가봐야 1~2킬로미터일 것이다.

재중은 우선 지켜보기로 했다.

대신 세프는 위성을 움직여서 마치 바로 옆에서 보는 것처럼 알람의 모든 것을 감시하는 중이다.

건물에 들어가지 않는 이상 세프의 위성에서 벗어나는 것은 거의 불가능했다.

세프의 인공위성은 공간이동을 해도 흔적을 찾아낼 정도였다.

그만큼 마도학이 적용된 세프의 인공위성은 엄청난 무기이자 도구였다.

그리고 재중의 그런 예상은 정확했다.

알람은 생각보다는 멀리 가긴 했지만, 세프와 재중이 예상한 범위 내에서 움직였다.

그녀는 사람이 많은 번잡한 곳을 벗어나더니 허름한 우체통에 편지는 넣고는 다시 되돌아갔다.

"……?"

그런데 알람이 편지를 넣고 불과 몇 분이 지났을까?

허름한 옷차림의 작은 어린아이가 알람이 편지를 넣은 우체통으로 다가갔다.

끼익~

그러고는 거침없이 우체통의 뒤를 열고 편지를 꺼냈는데, 조금 전 알람이 넣은 바로 그 편지였다.

─따로 사람을 시켜서 편지를 움직이나 보네요.

세프가 정상적인 편지 전달 방법이 아니라는 것에 이채를 띤 눈동자를 하자 재중도 고개를 끄덕였다.

사실 이렇게까지 할 것이라고는 재중도 생각지 못했다.

탁탁탁!

세프는 알람을 따라 움직이던 위성을 방금 편지를 꺼내 간 꼬마에게 다시 맞췄다.

하지만 또 금방 목표를 바꿔야만 했다.

편지를 꺼내 간 꼬마가 불과 10여 분 정도 걸어가더니 트럭 운전수에게 편지를 넘겨 버린 것이다.

그런데 트럭 운전수도 30분 정도 가다 주유소에 도착했는데 그곳에 있는 우체통에 알람의 편지를 넣어버렸다.

─이 정도로 복잡하게 움직이다니 도대체 얼마나 조심성이 많은 거지?

세프도 알람의 편지가 불과 한 시간도 되지 않아 두 사람의 손을 거쳐 결국 또 우체통에 들어갔다는 사실에 고개를 흔들었다.

이건 추적하려고 작정하고 움직여도 따라잡기 쉽지 않았다.

혹시나 싶어 우체통에 마력이 느껴지는지 살펴보니 미약하지만 마력이 느껴지긴 했다.

즉 중간에 편지가 다른 곳으로 사라진 것은 아닌 셈이다.

"……."

반면 재중은 주유소의 우체통을 유심히 쳐다보다가 움직였다.

ㅡ재중 님?

셰프도 갑작스런 재중의 움직임에 따라서 움직였는데 의외였다.

재중이 걸음을 멈춘 곳은 바로 주유소 우체통이었다.

ㅡ재중 님, 왜 그러세요?

"……."

여전히 셰프의 말에 대답을 하지 않은 재중은 뭔가 고민을 하는 듯하더니 다짜고짜 우체통의 뒷면을 잡아 뜯어 버렸다.

우드득!

얇긴 해도 철판이 찢어지면서 허무하게 우체통은 그 속을 보여주었는데 우체통 안에는 알람이 쓴 편지 한 통이 달랑 놓여 있다.

ㅡ재중 님, 왜 그러세요?

여기서 재중이 우체통을 뜯어버리는 행동은 자신들이 지금까지 기다린 것을 도루묵으로 만들 가능성이 높았다.

세프가 재중의 행동에 놀라서 소리쳤지만, 재중은 그대로 편지를 꺼내 들었다.

그리고 편지 내용을 보고는 피식 웃었다.

─재중 님?

갑자기 심각하게 고민하더니 편지를 보고 피식 웃는 재중이다.

"확인해 봐."

재중은 설명보다 알람의 편지를 세프에게 넘겨주었고, 편지를 본 세프는 그 자리에서 굳어버렸다.

편지에는 글자는 하나도 없고 오직 간단한 마법진이 그려져 있었다.

마법을 다루는 세프는 보자마자 편지에 그려진 마법진이 무엇인지 알아보았다.

─당했군요.

그랬다.

재중과 세프가 추적한 편지에 그려진 마법진은 그냥 마력만 감지되는 기능이 있는 마법진이었다.

보통 추적을 따돌릴 때 마법사들이 나무나 돌에 간단하게 그려서 시선을 돌리는 데 사용하는 아주 흔하면서도 초

보적인 마법진이다.

결국 재중과 세프는 알람의 낚시질에 보기 좋게 걸린 것이다.

탁탁탁!

편지가 유인용이라는 것을 확인한 세프는 곧바로 위성을 움직여 알람의 집으로 향했다.

하지만 감시 장치를 살펴봐도 알람의 모습은 어디에도 보이지 않았다.

—재중 님, 알람이 사라졌습니다.

"알고 있어."

—네?

세프는 아직 알람의 심장에 테라가 만든 마나석이 심어져 있다는 것을 모르고 있었다.

하지만 재중은 이미 그걸 알고 있기에 이렇게 움직인 것이다.

트럭 운전수가 편지를 주유소 우체통에 넣는 순간 테라가 알람이 집을 나와 움직인다는 말을 전해왔다.

그 말을 듣는 순간 재중은 고민했다.

이미 주변에 누군가가 자신의 일을 방해하고 있다는 것을 알고 있는 알람이다.

그런 그녀가 편지를 보내고 시간 차를 두고 움직였다는

것은 그냥 흘려 넘길 일이 아니었다.

그래서 고민 끝에 재중은 모험을 하기로 한 것이다.

지금 자신들이 추적하고 있는 저 편지가 정말 라스푸틴에게 보내는 편지인지 확인해 보는 것이다.

"테라가 불러주는 좌표로 위성을 이동시켜 봐."

재중이 곧바로 움직이면서 세프에게 나직하게 말했다.

세프가 재중에게 들은 좌표 그대로 움직인 결과 다시 알람을 찾을 수 있었다.

―재중 님은 알고 계셨군요. 알람이 편지를 보낸 뒤 따로 움직였다는 것을.

세프는 조금 서운하다는 말투로 말했지만, 재중은 그저 피식 웃을 뿐이다.

"내가 그럼 아무런 준비도 없이 그 녀석을 놓아준 것 같아?"

―죄송합니다, 재중 님.

세프는 재중의 말에 뼈가 있다는 것을 느끼고는 곧바로 사과했다.

아무리 다른 드래곤의 가디언이지만 상대는 드래곤인 재중이다.

불만이 있으면 그냥 돌아가면 되는 것이다.

어차피 재중과 세프는 비즈니스적인 관계에 가까웠다.

하지만 지금 재중은 그런 세프의 건방진 행동은 머릿속에 들어오지 않았다.

어차피 인간이던 시절에 흔하게 겪은 일이기에 애초에 관심조차 없었다.

"이상해."

—네?

"뭔가 알람의 행동이 예측 밖이야."

재중은 오로지 지금 알람이 시간 차를 두고 따로 움직인 것에 집중하고 있었다.

—어쩌면 처음부터 이런 식으로 유인용 편지를 보내고 움직였을 수도 있지 않을까요?

세프로서는 자신이 당했다는 것이 조금 꽤씸하지만, 냉정하게 생각하면 충분히 가능한 일이기에 냉정하게 판단하고 말했다.

하지만 재중은 고개를 저었다.

"그냥 느낌이야. 무언가 녀석이 내 예측을 벗어난 것 같아."

—그럼 위성을 더 움직일까요?

세프는 지금 두 대의 위성 외에 다른 위성을 더 부를 건지 물었지만 재중은 고개를 저었다.

"직접 만나보면 알겠지."

지금 재중은 기회를 봐서 알람을 직접 건드려 볼 생각
까지 하는 듯했다.

　대상이 예측을 너무 벗어난 것이 자꾸 마음에 걸린 것
이다.

Chapter 08
뒤통수

재중귀환록

─여기는 올림포스 산입니다, 재중 님.

　한참을 차로 이동한 알람이 차를 멈추고 내린 곳은 뜻밖에도 올림포스 산이었다.

　그리스에서는 가장 높은 산이기는 하지만, 그리스 신화에 자주 언급이 될 뿐 사실상 크게 볼거리는 없었다.

　등산을 하는 사람이라면 좋아하겠지만 말이다.

　"등산을 하는군."

　─그러게요.

　하늘에서 내려다보는 재중과 세프의 시야에 알람이 가

녀린 몸으로 로브를 뒤집어쓰고 열심히 올림포스 산을 오르고 있는 모습이 보였다.

─하지만 등산화를 신은 것을 보니 처음부터 이곳이 목적지인 것은 확실한 듯합니다, 재중 님.

위성이 연결된 태블릿으로 산을 오르는 알람을 본 세프는 그녀가 등산화를 신은 것을 확인했다.

등산화 자체가 산을 오르지 않는 이상 오히려 평지에서는 불편한 신발이다.

그것을 감안하면 처음부터 목적지가 이 올림포스 산인 것은 확실했다.

문제는 왜 올림포스 산으로 왔느냐는 것이다.

그리스에서 해발 1,900미터로 가장 높은 산이긴 하지만 딱히 특별한 것은 없었다.

"……."

재중은 또 말없이 산을 오르는 알람을 쳐다만 보고 있었다.

조금 전 편지를 꺼낼 때와 같은 고민스런 표정이다.

그런데 알람이 제법 산속으로 들어갔을 무렵 재중의 입가에 미소가 그려졌다.

"크크크크, 역시 머리가 좋은 놈들은 피곤해서 안 돼."

─네?

재중의 뜬금없는 말에 셰프가 쳐다보았다.

"처음에 편지와 지금의 산행 모두 알람 녀석의 유인책에 우리가 당한 것 같군."

재중의 말에 셰프가 잠시 태블릿으로 알람의 모습을 살펴보고 유인용 편지까지 생각하다가 곧 얼굴을 찡그렸다.

―설마 알람이 저희를 유인했다는 말씀인가요?

"그래."

셰프는 재중의 말이 처음에는 이해가 가지 않았다.

하지만 가만히 생각해 보니 이상한 점이 한두 가지가 아니었다.

편지를 쓰고 계속 찢어버리는 행동부터 이미 자신들의 예측을 벗어났다.

―하지만 알람은 자백 침술로 인해 기억이 없을 텐데요.

셰프는 알람이 왜 이런 복잡하고 번거로운 유인책을 사용하는지 이해가 가지 않았다.

자신들의 존재를 알람이 알고 있을 가능성은 희박했다.

기억을 통째로 날려 버렸는데 아무리 알람이라도 자신들을 알고 유인했다는 것은 억지스러운 면이 있었다.

하지만 재중은 오히려 그런 셰프를 보면서 씨익 웃었다.

"그래서 이런 복잡한 유인책을 쓴 거지."

―네? 아, 누군지 모르니까… 그래서…….

세프는 뒤늦게 재중의 말을 듣고서야 깨달았다.

왜 편지를 쓰고 계속 찢어버리고, 편지를 보냈지만 결국 유인용으로 보내고 자신은 올림포스 산으로 왔는지 말이다.

―알람은 자신을 적대하는 존재가 있다는 것은 알고 있지만 그것이 누군지는 몰라서 이렇게 복잡하게 움직인 거군요.

"그렇지. 만약 알람이 처음에 보낸 편지를 계속 따라 움직였다면 아마 알람은 CIA나 정보기관으로 판단했을 거야. 그들은 우선 추적하던 것을 쉽게 건드릴 녀석들도 아니지만 편지를 열어봐도 마법진을 알아볼 방법이 없으니까 쉽게 확인할 수 있지."

―하지만 유인용 편지를 확인하고 곧바로 자신을 찾아온다면 그건 결국 일반적인 정보기관은 아니라는 거군요.

"그렇지. 마법을 사용하고 확인할 능력이 있는 존재라는 것으로 범위가 줄어들어 버리니까."

―마나의 인도자들, 아니면 알람과 같은 라스푸틴의 제자 중에 누군가가 되겠군요.

"빙고~"

―확실히 머리가 좋은 녀석이라는 건 인정해야겠네요.

세프도 그 짧은 시간에 이런 작전을 짜고 자신만의 방법으로 적의 정체를 파악하기 위해 움직인 알람의 아이디어만큼은 인정할 수밖에 없었다.

반면, 이런 모든 상황을 지켜보고 추리해 낸 재중의 능력에도 조용히 감탄했다.

세프는 자신의 주인인 크레이언 올드 세이라의 모습을 재중에게서 봤다.

"가자. 더 이상 여기서 지켜보는 것은 의미 없는 행동인 것 같으니까."

―네.

알람의 성격을 파악하지 못한 재중의 실수였다.

객관적으로 알람은 자신이 불리하거나 적이 있다고 판단되면 라프수틴에게 도움을 청할 것으로 생각했다.

하지만 알람은 그런 재중의 생각을 완전히 벗어나 있었다.

알람은 처음부터 라스푸틴에게 도움을 청할 생각조차 없었다.

아니, 오히려 지금과 같은 상황에서 누가 자신의 뒤통수를 노렸는지 찾아내기 위해 스스로가 미끼가 되어 적을 유인하는 대담함까지 보여주었다.

완벽하게 재중이 패배한 셈이다.

알람의 성격을 전혀 파악하지 못한 실수였다.

─천재들은 대부분이 자신이 모든 것을 해결하려고 하는 경향이 있는데, 결국 알람 녀석도 그 범주에서 벗어나지 못한 셈이군요, 재중 님.

세프가 나직하게 결론을 내리자 재중이 고개를 끄덕였다.

그리고 동시에 재중은 자신의 실수도 인정했다.

인간의 성격이 얼마나 계획에 중요한지 말이다.

지금까지 그저 생각한 대로 이뤄졌기에 잊어버린 재중이다.

인간이 생각하는 동물이라는 것을 말이다.

반면 뜻하지 않게 재중과 세프에게 인정과 칭찬을 받고 있는 알람은 온몸에 땀이 흐르고 있지만 계속해서 산을 오르고 있었다.

쉬어가면서 천천히 올라가는 중이긴 했다.

하지만 산이라는 게 결코 만만한 것이 아니다 보니 땀으로 온몸이 젖는 것은 어쩔 수 없었다.

물론 이런 땀이야 마법으로 처리할 수도 있었다.

하지만 알람은 결코 그러지 않았다.

지금 자신은 정체를 알 수 없는 적을 유인하고 있는 중이다.

거기다 올림포스의 산을 향해서 차를 몰고 오는 도중에 편지가 개봉되었다는 것을 이미 마법적 신호로 알아챈 상황이다.

알람은 최소한 적은 마법에 대해서 알고 있다고 판단을 내렸다.

—어떤 놈인지 모르지만 내 뒤통수를 노린 것을 후회하게 해주겠어.

라스푸틴의 도움?

알람은 재중의 예상대과 달리 처음부터 도움을 청할 생각이 없었다.

아니, 죽고 싶었다면 아마 도움을 청했을 것이다.

하지만 알람은 스승인 라스푸틴이 어떤 인물인지 너무나 잘 알고 있다.

도움을 청하는 제자를 도와준다?

어림도 없는 소리다.

도움을 청하는 순간 라스푸틴에게 알람은 라스푸틴의 제자가 아닌, 그저 능력 없는 쓰레기 마법사일 뿐이다.

무능한 제자는 라스푸틴이 손수 처리하지 않더라도 제자들끼리 뒤통수를 노렸다.

제자 중에 강한 자가 라스푸틴의 모든 것을 물려받을

수 있었기에 제자들은 약간의 틈만 있어도 서로가 서로를 죽이는 것에 아무런 거리낌이 없었다.

그런데 그런 상황에 알람이 도움을 청하는 편지를 보낸다면 알람은 당장 내일이라도 시체가 되고 말 것이다.

─어떤 놈인지 나타나기만 해봐. 바로 찢어줄 테니.

알람은 이미 다크 윈도 커터의 흔적을 확인한 터였다.

그녀는 자신의 뒤통수를 노린 녀석이 사제 중의 하나라고 확정 짓고 있었다.

다만 혹시라도 모를 가능성 때문에 굳이 유인 편지를 보낸 것이다.

오로지 자신의 추측에 확신을 얻기 위해서였다.

그리고 자신을 노리는 적이 한 명이라고 생각할 수도 없었다.

어쩌면 둘일 수도, 아니면 셋일 수도 있었다.

왜냐하면 자신이 제자 중에 가장 강하고 라스푸틴의 신임을 받고 있기 때문이다.

남은 떨거지들끼리 손을 잡을 가능성도 충분히 예상 가능했다.

─몇 놈이든 상관없지. 후후후후훗.

알람은 자신 있었다.

지금 자신의 품에 있는 이것이라면 스승인 라스푸틴을

죽이는 것도 가능했다.

이미 테스트까지 마친 이상 의심의 여지는 없었다.

—그럼 슬슬 준비해 볼까.

알람은 사람이 아무도 찾지 않는 곳, 하다못해 산사태가 일어나도 알지 못할 만큼 외진 곳에 다다라서야 멈췄다.

그리고 품에서 다섯 자루의 단검을 꺼내 땅에 박아 넣기 시작했다.

그렇게 박아 넣은 단검의 위치는 정확하게 펜타그램을 그리고 있었다.

틱.

그러고는 손끝에 마나를 모아 피를 뽑더니 단검을 기준으로 오망성을 그리기 시작했는데, 완성된 모습은 역오망성이었다.

즉 펜타그램을 뒤집어놓은 모습이다.

—오히려 고마운걸. 후후후훗, 이걸 시험할 기회를 줬으니 말이야.

대단하다는 말밖에 할 말이 없는 행동을 하고 있는 알람이다.

적에게 위협받는 중에 움츠러드는 것이 아니라 오히려 지금 자신을 노리는 적을 유인해서 그동안 연구하던 새로운 마법을 테스트할 생각까지 한 것을 보면 말이다.

물론 다섯 자루의 단검을 매개체로 만든 역오망성이 과연 어떤 힘이 있는지는 오직 알람만 알고 있다.

―얼른 와줬으면 하는데. 후후후훗, 나의 마법 실험에 제물이 되어줄 누군가가 말이야. 후후후후훗.

모든 준비를 마치자 알람의 눈동자가 반짝였다.

마치 소개팅을 나가서 멋진 남자가 나타나기를 설레는 마음으로 기다리는 평범한 여자의 눈빛과 너무나도 닮아 있다.

우뚝!

그리고 그런 설레는 알람의 마음을 알아준 것일까? 갑자기 알람이 서 있는 곳의 바람이 멈추었다.

아니, 바람뿐만이 아니라 마법사라면 모두가 볼 수 있는 마나의 흐름까지 멈추었다.

―……!

알람은 곧바로 품에서 무언가를 꺼내 손에 쥐고서 주변을 살폈다.

하지만 이상하게 마나의 흐름이 멈춘 것 빼고는 딱히 의심 가는 것이 없었다.

―뭐지? 왜 마나가 멈춘 거야?

마나는 끝없이 흐르는 것이라고 배운 알람이었다.

그녀는 지금 자신이 눈으로 보고 있는 황당한 상황에

당황스러운 표정을 숨기지 못했다.

알람의 상식에서 마나가 멈춘다는 것은 지구가 멈춘다는 말과 같았다.

―누구냐! 모습을 드러내라!

결국 아무리 살펴봐도 눈에 보이는 것이 없자 알람은 소리를 질렀다.

마나가 멈췄다는 것은 마나를 변형해서 마법을 사용할 수 없다는 것을 뜻했다.

그 의미를 깨달은 알람의 표정이 급격하게 굳었다.

마법사가 마법을 사용하지 못한다면 그건 평범한 일반인이나 다름없다.

"네 녀석 때문에 조금 헛고생한 사람이지."

그리고 굳어버린 알람의 눈앞에 재중이 웃는 얼굴로 허공에서 모습을 드러냈다.

―…마나가 멈췄는데 어떻게… 공간이동 마법을……!

알람은 재중의 존재보다 마나가 멈춰 버린 상태에서 공간이동 마법을 사용했다는 것에 더욱 황당한 표정으로 쳐다보았다.

"나는 가능하니까."

재중은 별것 아니라는 듯 대답하고는 알람보다 오히려 그녀가 그린 역오망성에 시선을 주었다.

저 역오망성이 도대체 어떤 것이길래 알람이 저렇게 자신만만하게 유인해서 기다리고 있는지 궁금했다.

재중은 마법이 당연시 생각되는 대륙에서도 역오망성을 본 적이 없었다.

그러니 이런 호기심도 어쩌면 당연했다.

물론 역오망성이 악마를 부르는 의식에 사용된다는 말은 들어본 적이 있다.

하지만 그건 그저 전설일 뿐이다.

오망성이 인간의 다섯 가지 제물을 뜻한다는 상징성은 있지만, 그게 매개체가 되지 못한다는 것은 누구보다 재중이 잘 알고 있으니 그렇게 느끼는 것은 당연했다.

마법은 기본적으로 등가교환이다.

즉 하나를 얻기 위해서는 무조건 그것과 동급의 무언가를 줘야 한다.

하나 더하기 하나는 둘, 하나 빼기 하나는 아무것도 없다는 가장 기초적인 수학의 원칙이 적용되는 게 바로 마법이었다.

다만 서클이 올라갈수록 사용하는 마나보다 몇 배나 큰 효과를 볼 수 있다는 특이점이 있긴 했다.

하지만 그건 마나를 변형해서 사용하는 특성 때문이지 기본적인 원리는 변함이 없었다.

―넌 누구지?

순간적으로 재중의 공간이동에 놀라긴 했지만, 곧바로
정신을 차린 알람이 재중을 향해 처음으로 한 말이다.

물론 재중은 피식 웃었다.

―건방지군.

마치 재벌 2세가 자신의 회사 신입 직원을 향해 거만하
게 말하는 것 같은 알람이었다.

알람의 그런 모습에 재중은 오히려 손가락을 들어 그녀
를 가리켰다.

"해봐."

그러고는 손가락을 가볍게 흔들면서 오히려 기다려 준
다는 듯 역오망성을 어떻게든 사용하라고 부추겼다.

―이익!! 건방진 놈!!

알람이 재중의 얼굴을 모르기에 가능한 상황이긴 했다.

하지만 그게 아니라도 지금 재중의 행동과 같은 일을
당하고 가만히 있을 사람이 과연 있을까 하고 묻는다면 아
마 없다고 해야 할 것이다.

대놓고 도발하는 상황이다.

"기다려 줄게. 해봐."

거기다 쐐기를 박듯 다시 도발하는 재중의 한마디.

―건방진 놈!! 후회하게 해주마!

귀까지 붉어진 알람이 스스로 로브의 모자를 벗어서 얼굴을 드러냈다.

그리곤 품에서 땅에 박아 넣은 단검보다 훨씬 작은 손칼 크기의 단검을 꺼내 들었다.

그리고 단 한 번의 망설임도 없이 왼손 새끼손가락을 그어버렸다.

툭!

작은 손칼이지만, 예리함이 멀리서도 느껴질 만큼 날카로운 칼이기에 손가락이 잘려서 땅에 떨어졌다.

하지만 어찌 된 일인지 알람은 고통스러워하기는커녕 입가에 미소가 가득 피어오르기 시작했다.

'뭐지, 저게?'

반면 재중은 먼저 도발은 했지만 도무지 지금 알람의 행동이 무엇을 뜻하는지 이해가 가지 않았다.

애꿎은 새끼손가락을 자르는 알람의 행동은 아무리 봐도 그냥 미친년이 자해하는 것과 다를 것이 없었다.

그런데 그런 재중의 생각은 그리 오래 이어지지 못했다.

스멀스멀.

잘린 손가락이 땅에 떨어진 뒤 불과 몇 분이나 지났을까?

알람이 서 있던 역오망성에서 끈적끈적한 뭔가가 피어 오르기 시작했다.

"마기!"

재중은 몸 안에 나노 오리하르콘이 반응하는 것과 동시에 느낄 수가 있었다.

알람이 그린 역오망성에서 끈적끈적하면서도 기분 나쁜 마기가 흘러나오기 시작했다.

하지만 마기가 흘러나오긴 했지만 이상하게 역오망성 안으로 모여들 뿐 주변으로 흩어지거나 마기가 뻗어 나가질 않았다.

'뭐지? 마족 소환은 아닌 것 같은데.'

새끼손가락 하나를 받고 마계에서 소환될 마족이 과연 있느냐고 물어본다면 단연코 없었다.

하다못해 마계에서 노예로 있는 좀비나 구울조차도 갓난아이의 생명 정도는 재물로 바쳐야 그나마 소환 성공 확률이 있었다.

마족은 제물의 대가가 크면 클수록 좋아했다.

때문에 결코 새끼손가락 하나 따위로 마족을 소환할 수는 없었다.

하지만 그렇게 따져보면 지금 알람의 역오망성에서 흘러나오는 마기는 더욱 설명하기 힘들어진다.

'무슨 꿍꿍이지?'

재중이 지켜보고 있자,

—마스터, 저거 막아야 되는 게 아닐까요?

긴 시간을 드래곤의 마도서로 살아오면서 별별 광경을 다 봐온 테라인데 이런 상황은 처음 보는 것이었다.

테라가 당황스러운 알람의 행동에 불안한 듯 말했지만 재중은 무시해 버렸다.

호기심이 한번 시작되어 버리면 그것을 해결하지 않는 한 쉽게 포기하지 않는 게 재중의 성격이다.

그런데 하필 지금 그 호기심이 발동해 버린 것이다.

—마법사들이 가장 두려워하는 것이 자신도 모르는 마법인데, 에고.

마법을 사용하는 이들에게 가장 두려운 순간이 언제냐고 물어본다면 아마 거의 대부분의 마법사가 똑같은 대답을 할 것이다.

자신이 모르는 마법이 발동되는 것을 지켜보는 것이라고 말이다.

마법이란 한번 발동되어 버리면 마법을 사용한 시전자도 멈출 수가 없다.

그렇기에 마법사들에게 있어 그걸 기다리는 것만큼 두려운 것이 없었다.

그런데 지금 재중은 바로 그 두려운 일을 몸소 실행하고 있는 것이다.

단지 호기심이 생겼다는 이유로 말이다.

스르륵스르륵.

겨우 10여 초가량 흘렀을까? 오망성 안에 마기가 가득 차오르기 시작했다.

하지만 마치 어항에 갇혀 있는 것처럼 단 한 줌의 마기도 밖으로 흘러나가지 않고 계속 차오를 뿐이었다.

하지만 잠시 후, 그것도 한계가 있는지 곧 멈추었다.

"……?"

재중은 이제야 마기가 흘러나오는 것이 멈췄다는 것을 느끼고 더욱 호기심 어린 눈으로 쳐다보았다.

그런데 황당한 일이 벌어졌다.

쏴아아아아아아악!!

역오망성이라는 어항에 갇혀 있던 마기가 순식간에 사라지기 시작한 것이다.

자세히 보니 어이없게도 알람이 잘라 버린 새끼손가락이 있던 상처 속으로 빨려들 듯이 사라지고 있었다.

욕조에 물을 가득 받아놓고 배수구의 뚜껑을 뺀 것과 같은 모습이다.

─오래 기다렸군.

순식간에 오망성 안의 마기를 모두 흡수해 버린 알람이 웃으면서 재중을 보았다.

동시에 금방이라도 남자를 유혹할 것 같은 색기와 함께 살기를 뿜어내기 시작했다.

Chapter 09
마기

재중귀환록

—마지막으로 하고 싶은 말이 있나?

　알람이 마치 자신이 이미 이겼다는 것을 단정 지은 듯
한 표정과 말투로 재중에게 한마디 했다.

　하지만 재중은 오히려 고개를 갸웃거렸다.

　"너 마기를 그렇게 흡수해도 괜찮으냐?"

　재중도 황당했다.

　살아 있는 인간이 마기를 흡수하고도 멀쩡하다는 사실
을 눈으로 확인했다.

　마기는 정확하게 분류하자면 독이다.

그것도 해독이 불가능한 극독이나 마찬가지다.

살아 있는 생명체가 마나를 기반으로 살아간다면 마기는 마나와 완전히 반대되는 존재였다.

즉 마나와 마기는 물과 기름처럼 절대로 섞이지 않는 성질을 가지고 있었다.

그렇기에 마나를 품고 살아가는 살아 있는 인간이 마기를 흡수하면 바로 그 자리에서 죽는 것이 정상이다.

그렇게 알고 있는 재중이 황당한 표정으로 물어보자 알람이 오히려 호기심이 생긴다는 듯 되물었다.

─오호, 마기를 알고 있는 넌 도대체 누구지?

알람은 자신도 우연히 실험 도중에 발견한 마기였다.

그것을 재중이 한눈에 알아보자 놀라운 듯했다.

"나에 대해서 듣지 못했나?"

─……?

"선우재중."

─네놈이… 그 선우재중?

알람은 그제야 눈앞에 거만하게 서 있는 재중의 정체를 알았는지 이채를 띤 눈동자를 보였다.

하지만 그것도 금방 사라졌다.

이미 마기를 흡수한 이상 재중뿐만 아니라 자신의 스승인 라스푸틴이 눈앞에 있다고 해도 자신 있는 그녀였다.

─훗, 능력이 떨어지는 하등한 녀석들을 상대로 기고만
장한 녀석이었군.

알람은 스승인 라스푸틴을 제외하고는 모두 무능력한
하찮은 녀석으로 생각했다.

물론 다른 사제들에게 데스 나이트를 만들어서 주기도
했지만 그것은 모두 데스 나이트를 개량할 테스트 목적에
서 한 일이었다.

알람에게 다른 사제들은 그저 자신의 마법을 테스트할
이용 가치가 있는 녀석들일 뿐이었다.

씨익~

하지만 재중은 그런 알람의 도발에도 그저 웃을 뿐이
다.

과연 알람이 무엇을 보여주기 위해서 마기를 흡수하고
도 멀쩡히 살아 있는가 궁금할 뿐이었다.

─오늘 내가 운이 좋은 날이군. 후후훗, 네 녀석의 목을
스승님에게 보낸다면 내 후계자 자리는 더욱 확고해지겠지.

"그럴지도."

쿨하게 알람의 말을 되받아치는 재중이 여전히 여유 만
만한 표정으로 서 있자 알람은 갑자기 짜증이 치솟았다.

지금까지 스승을 제외한 그 누구도 자신 앞에서 저렇게
건방진 행동을 보인 적이 없었다.

그래서 지금 재중의 행동과 말투 하나하나가 모두 심기를 건드리고 있었다.

─그냥 죽어라!

스윽!

더 이상 재중의 얼굴이 보기 싫어진 알람이 재중을 향해 마기를 흡수한 왼손을 들어 올려 가리켰다.

푸화하하하하하하학!!

그러자 갑자기 알람의 몸에 흡수된 마기가 폭발적으로 활성화되기 시작했다.

마치 재중이 마나를 활성화시켰을 때와 비슷한 모습이었다.

물론 마나의 날개처럼 마기의 날개가 만들어진 것은 아니었다.

하지만 활성화된 마기의 기세가 심상치 않다는 것은 확실해 보였다.

그리고 알람의 입가에 선명하게 그려진 미소는 마치 악마가 현신해서 웃음을 짓는 것 같은 착각이 들게 했다.

─파워 워드 킬!!

순간 적막이 흐르는 산속.

물론 그 적막한 산속은 재중과 알람이 있는 곳이다.

─……?

뭔가 이상하다는 것을 느낀 알람이 다시 마기를 활성화해서 재중을 향해 왼손을 뻗으며 외쳤다.

─파워 워드 킬!!

"……."

피식~

재중은 오히려 자신만만하던 표정이 사라져 버린, 이제는 당황한 표정의 알람을 보면서 웃었다.

"크크크크큭, 파워 워드 킬이라니……."

알람이 완전 상상 밖의 행동을 보여주자 재중은 황당함을 넘어 기가 막혔다.

파워 워드 킬이라니, 파워 워드 킬이 도대체 무슨 마법인지나 알고 썼는지 오히려 묻고 싶은 재중이다.

"크크큭, 너 파워 워드 킬이 어떤 주문인지 알고 쓰는 거냐?"

─당연하지!

자신을 비웃는 재중의 모습과 마기를 흡수한 뒤 사용한 파워 워드 킬이 아무런 효과가 없는 상황에 알람은 당황을 감추지 못했다.

순간적으로 재중의 질문에 발끈해서 대답했지만 머릿속이 뒤죽박죽이었다.

─너… 넌 왜 죽지 않는 거냐?! 어째서?!

"왜냐고? 크크크큭, 과연 어째서 난 죽지 않는 걸까?"

상황이 역전되어 버렸다.

이제는 재중이 알람을 비웃기 시작했고, 알람은 당황하면서 표정이 있는 대로 굳었다.

손가락을 자른 것도, 마기를 흡수한 것도 모두 지금 이 파워 워드 킬이라는 마법 하나를 위해서였다.

사실 인간을 상대로 파워 워드 킬을 사용한 건 알람도 처음이었다.

하지만 이미 동물을 상대로 짧은 시간 마기를 흡수해 사용했기에 자신 있었다.

하물며 야생 불곰도 알람의 파워 워드 킬 한마디에 즉시 피를 토하면서 죽어버렸었다.

당연히 재중도 당장 피를 토하면서 죽을 것을 의심하지 않았다.

하지만 현실은 달랐다.

"알람, 넌 어떻게 언령 마법을 알고 있는 거지?"

재중은 시원하게 다 웃었는지 다시 평소의 표정으로 돌아와 물었다.

하지만 알람이 얌전히 대답해 줄 리 없었다.

─내가 그걸 말할 것 같으냐!!

그러고는 다시 재중을 향해 손을 왼손을 내밀었다.

─파워 워드 킬!! 킬킬킬!! 킬킬킬!! 좀 죽어라, 이 새끼야!!

자신의 회심의 한 방이 아무런 효과가 없는 것을 떠나 오히려 웃음거리가 되자 결국 이성을 잃어버리기 직전까지 가버린 알람이다.

그녀는 대놓고 재중에게 죽으라고 고함을 쳐댔다.

"황당하군. 설마 언령 마법을 쓸 줄이야."

재중은 표정은 평소로 돌아왔지만 아직도 기가 막힌 심정이다.

인간이 언령 마법을 사용하다니, 그것도 마법을 잘 아는 마법사가 말이다.

물론 모든 과정을 지켜본 재중은 어째서 알람이 저렇게 미친 듯이 발악하는지 충분히 알고 있었다.

하지만 그게 중요한 게 아니었다.

재중은 설마 지구에서 언령 마법을 볼 줄은 몰랐다.

아니, 예상도 하지 못했다.

인간이 마기를 흡수해서 일시적으로 마족화되어 언령 마법을 사용한다는 아이디어는 진짜 재중의 뒤통수를 강하게 후려쳤다.

도대체 어떻게 마기를 흡수하고 무사한지, 무슨 방법으로 살아 있는 인간을 잠깐이지만 마족화하는 건지 아직 알 수 없었다.

하지만 파워 워드 킬을 사용한 순간, 퍼즐이 하나씩 맞춰지기 시작하더니 이해가 되었다.

마나를 품은 존재인 드래곤은 언령 마법의 사용이 가능했다.

신에게 허락을 받았기에 드래곤의 마법은 바로 언령 마법 그 자체였다.

하지만 마족도 언령 마법이 가능했다.

정신체로 이루어진 마족은 너무나 강한 정신력으로 인해 언령 마법을 사용하는 존재였다.

"설마 저런 식으로 언령 마법을 쓰다니⋯⋯."

순수한 감탄.

재중은 알람의 아이디어만큼은 진짜 기발함을 넘어 획기적이라고 인정했지만 용서할 수는 없었다.

파워 워드 킬은 그만큼 위험한 마법이었다.

자신보다 낮은 존재는 무조건 일격에 죽여 버리는 마법, 아니, 마법이라고 보기도 애매했다.

그냥 죽으라고 명령하는 것이나 마찬가지였다.

다만 한 가지 의문점은 있었다.

완전히 드래곤이 되고 성룡이 된 재중으로서도 아직 파워 워드 킬은 사용이 불가능했다.

한데 겨우 마기를 흡수한 알람이 사용했다는 것은 재중

에게도 심각하게 다가올 수밖에 없었다.

고룡 중에서도 최소 일만 년은 넘은 고룡만 사용할 수 있는 언령 마법의 마지막이 바로 파워 워드 킬이다.

마기를 흡수했다고 한낱 인간이 사용할 수준의 마법이 아닌 것이다.

―젠장할! 왜 넌 죽지 않는 거냐!!

아직도 파워 워드 킬이 소용없다는 사실을 받아들이지 못한 알람이 재중을 향해서 소리치다가 분을 이기지 못하고 땅을 발로 차고 밟기 시작했다.

"우선 진정시킨 뒤에 알아내야겠군."

그저 라스푸틴이 있는 곳을 알아낼 생각으로 알람을 죽이지 않았던 것이었다.

한데 그것이 이런 황당한 결과를 얻게 될 줄은 몰랐던 재중이다.

어쨌거나 지금은 알람을 진정시켜야 했다.

그래야 알람이 언령 마법을 얻은 경로를 알 수 있을 것이다.

멈칫!

그런데 재중이 발걸음을 옮기는 순간, 미친 듯이 발악하던 알람의 행동이 정지했다.

그리고 천천히 똑바로 서기 시작했다.

"젠장!"

똑바로 선 알람의 얼굴을 본 재중은 곧바로 알람의 곁으로 다가가려고 움직였다. 순간,

퍼엉!!

알람의 몸에서 조금 전 흡수한 마기가 폭발했다.

"크윽!!"

아무리 재중이 드래곤이라도 마나와 상극인 마기를 직접적으로 닿으면 충격이 없을 수 없다.

치치칙! 치치직!! 치치직!!

물론 재중의 몸속에 있는 나노 오리하르콘이 마기가 재중의 몸속으로 침투하는 것을 완전히 막아주긴 했다.

하지만 재중의 능력으로도 더 이상 앞으로 다가갈 수가 없을 만큼 마기 폭발은 강력했다.

짧았다.

마기 폭발은 불과 시간으로 따지면 1초 남짓이지만 그 뒤에 남겨진 흔적은 처참했다.

알람이 있던 곳을 중심으로 무려 200여 미터 크기의 공간이 완전히 죽음의 공간으로 변해 버렸다.

Chapter 10
또다시 당하다

재중귀환록

"빌어먹을!"

쾅!!

재중이 진심으로 화가 난 듯 땅을 주먹으로 후려치자,

쩌걱!

주먹이 박힌 땅이 갈라졌는데 갈라진 땅의 모습이 마치
돌이 갈라진 듯 했다.

돌산이라 그런지 모르지만 말이다.

"또 당했어!! 라스푸틴!! 이 빌어먹을 자식!!"

알람의 발악이 갑자기 멈추고 고개를 들었을 때, 재중은 똑똑히 볼 수 있었다.

눈동자가 완전히 뒤집혀 흰자뿐인 알람의 눈을 말이다.

그리고 그게 무엇을 뜻하는지 재중이 모를 리 없었다.

스페인에서 라스푸틴이 자신의 제자를 원격으로 죽일 때 재중 앞에서 보여준 모습이다.

아무것도 남아 있지 않았다.

역오망성의 흔적도, 알람이 박아 넣은 단검도 보이지 않았다.

아니다.

자세히 살펴보면 한 가지는 남겨져 있었다.

알람이 서 있던 곳, 그곳에 재중에게도 익숙한 것이 있었다.

"쟁롯⋯⋯."

알람이 사라진 자리에 손바닥 크기로 줄어들어서 미라가 되어버린 쟁롯이 있다. 쟁롯을 재중이 집어 들자,

슈악~

쟁롯을 집어 들기만 했을 뿐인데도 재중의 손에 마기가 느껴졌다.

그리고 이것으로 확실히 재중은 알 수 있었다.

지구에 마족이 없는데 어째서 마족의 시체로 불리는 마기를 머금은 쟁롯이 존재하는지 말이다.

"이것이었나. 마기로 실험하다 죽은 자의 마지막 흔적이 쟁롯이라니… 크크크큭. 황당하군, 황당해."

그 누구도 예상치 못한 쟁롯의 정체는 재중에게도, 하늘에서 지켜보던 세프에게도 잠시 생각할 시간을 갖게 만들었다.

마기를 흡수한 인간의 시체가 쟁롯일 줄은 아무도 생각지 못했다.

그리고 재중의 뇌리에 떠오른 것이 있었다.

세계에 있는 쟁롯이 지금 재중이 들고 있는 하나가 아니라는 것이다.

쟁롯의 존재가 마기를 흡수하고 죽은 인간의 마지막 흔적이라면 현재 남아 있는 쟁롯 전부가 알람처럼 죽은 사람이라는 뜻이다.

"세프!"

―네, 재중 님.

재중의 외침에 하늘에 있던 세프는 곧바로 공간이동으로 재중 옆에 나타났다.

"지구상에 쟁롯의 숫자가 정확하게 몇 개나 되는지 알고 있나?"

재중이 알람의 쟁롯을 들고 세프에게 묻자 세프는 고개를 저었다.

─파악한 적이 없습니다.

"하긴."

쟁롯은 거의 괴담, 미스터리에서나 전해지는 이야깃거리였다.

세프와 크레이언 올드 세이라에게는 전혀 관심 밖의 존재였을 것은 당연했다.

하지만 쟁롯이 마기를 흡수한 인간의 시체라는 것을 확인한 이상, 그 무엇보다 가장 우선적으로 현재 지구상에 있는 쟁롯의 숫자를 파악해야 했다.

"세라 님에게 허락을 구해야 된다면 내가 직접 찾아갈 테니 지구상에 있는 쟁롯의 숫자를 모두 파악해 줘."

─네, 이미 마스터께 위성을 비롯해 전 세계 정보부와 민담 등을 동원해도 좋으니 쟁롯의 숫자를 파악하라는 허락을 받았습니다, 재중 님.

"알았다. 나도 나대로 알아보도록 할 테니."

그길로 세프는 다시 하늘로 올라가 버렸다.

그렇게 세프가 사라지자 재중은 테라를 불렀다.

"테라."

─네, 마스터.

"우리는 우리대로 쟁롯의 숫자를 파악해야 한다."

─네, 우선 인터넷으로 쟁롯에 대한 정보를 수집하고 있

는 중이에요, 마스터.

"그것만으로는 부족해. 다른 방법이 없을까?"

사안이 워낙 심각하다 보니 재중의 표정은 굳어진 채 풀어질 줄 몰랐다.

그 모습에 테라도 심각하게 고민했지만 사실 뾰족한 방법이 없었다.

―아, 마스터.

"응?"

―차라리 지금 마스터에게 가장 많은 것을 이용해 모으는 것이 어떨까 싶은데요.

"나에게 가장 많은 것?"

―네, 바로 쟁롯에 현상금을 붙이는 거예요. 그것도 상식 밖의 엄청난 현상금을요.

"나쁘진 않아. 하지만 오히려 번거롭고 시간이 더 걸릴 수도 있어."

확실히 세프의 위성을 이용해 자료를 모으는 것도 한계가 있을 것이다.

왜냐하면 세프는 혼자이기 때문이다.

하지만 그건 재중이나 테라도 같은 상황이었다.

그렇기에 돈을 풀어서 현상금으로 모은다는 생각이 딱히 나쁘다고 할 수는 없었다.

하지만 그 방법은 시간이 얼마나 걸릴지 알 수가 없었다.

거기다 진짜 쟁롯을 찾을 수 있는 확률도 그다지 높지 않게 느껴졌다.

돈에 눈먼 녀석들이 가짜를 들고 찾아오기 시작하면 그때부터는 오히려 재중이 피곤할 수 있었다.

─제가 사람을 고용해 감지기에 반응하는 것만 사면 우선 충분히 모을 수 있지 않을까요?

"그래, 우선 그렇게라도 해봐야지."

정말 좋은 방법이라고 할 수는 없지만 우선 임시방편으로 뭐라도 해봐야 했다.

재중의 허락이 떨어지자 테라는 그대로 미국과 전 세계에 펀드를 위해 풀어놓은 사람들에게 황당한 주문을 넣었다.

[행운을 부르는 쟁롯이라는 부적을 모아주세요. 가격은 얼마가 되든 상관없습니다. 단, 제가 보내는 탐지기에 반응하는 쟁롯만 사들이면 됩니다. 숫자 무제한, 자금도 무제한으로 사용 가능. 단 가장 적은 자금을 쓴 사람에게는 성과급을 지급합니다.]

거의 전보에 가까운 짧은 내용을 담은 이메일이었다.

물론 전용 회선이기에 이메일을 받은 테라가 고용한 사
람들 전원이 황당해할 것이다.

하지만 돈을 준다는데 누가 거부하겠는가?

모두 곧바로 행동에 옮길 것이다.

                    *   *   *

"……."

테라와 세프가 이렇게 바쁘게 움직이고 있는 때, 재중은
고민 중이었다.

이번만큼은 정말 조직이라는 것이 절실하다고 생각되
었다.

그만큼 벌어지는 모든 일이 자신의 무력과 능력과는 무
관하게 터지는 중이었다.

그렇다고 그냥 포기할 수도 없었다.

흑마법은 실험의 횟수가 거듭될수록 발전한다.

물론 마법 자체가 실험과 연습이 밑바탕이 되긴 하지만,
흑마법은 그 궤를 달리한다.

인체 실험, 생명을 버리는 실험까지 가리지 않고 한다.

그 증거로는 지금 재중의 손에 쥐어진 알람의 쟁롯만
봐도 충분했다.

라스푸틴이 무슨 목적인지 모른다.

하지만 자신의 제자까지 실험으로 사용한 것을 보면 분명히 아주 오래전부터 인간이 마기를 흡수하는 실험을 해왔다는 뜻이다.

실제로 알람이 인간에게는 극독인 마기를 흡수하고도 멀쩡한 것을 재중이 직접 봤다.

즉, 그동안 수많은 실험을 통해 계속 개량해 왔다는 이야기다.

"도대체 무슨 짓을 꾸미고 있는 거지, 라스푸틴."

잠시지만 인간을 마족화하는 것은 재중으로서도 너무나 충격적이었다.

하지만 더 큰 문제는 이것이 아직 실험 단계에 있는 진행 과정 중의 하나라는 것이다.

그리고 라스푸틴은 지금도 계속 실험을 위해서 자신의 제자들에게 악마의 열매를 뿌리고 있을 것이 뻔했다.

쟁롯이 과거에도 있었고 지금도 만들어지고 있는 것을 보면 말이다.

"아무래도 마나의 인도자들의 도움을 받아야겠군."

가능하면 이곳의 마법사들에게 영향을 주기 싫던 재중이었다.

정말 고민했지만 상황이 여의치 않다 보니 재중도 그들

에게 손을 내밀 수밖에 없었다.

수백 명의 마법사가 재중의 뜻에 따라 쟁롯을 찾아다닌다면 사실상 세프와 테라보다 더욱 큰 힘이 될 것이다.

그렇게 결심한 재중은 곧바로 비밀 아지트로 이동했다.

그리고 6인의 수장을 모두 불러 모아 알람의 쟁롯을 보여주면서 그것이 만들어지는 과정을 설명해 주었다.

"말도 안 되는!!"

"그게 가능할 리가!!"

"있을 수 없는 일입니다!!"

"불가능해요!!"

"믿을 수가 없군요."

"…황당합니다!"

각자 반응은 달랐지만 결론은 같았다.

전원이 믿을 수 없다는 눈빛으로 재중을 쳐다보자 재중은 결국 그들에게 세프가 위성으로 녹화한 재중과 알람의 모습을 보여주었다.

그러자 그때서야 고개를 끄덕이기 시작했다.

사실 6인의 수장이 재중의 말을 믿지 못하는 것도 당연한 일이었다.

그만큼 사안 자체가 말도 안 되는 일이었기 때문이다.

그래서 재중도 차분하게 설득한 것이다.

우선 재중이 그들의 힘을 빌려야 하는 상황인 것도 이유 중 하나였다.

무엇보다 이들 6인의 수장이 진심으로 움직여야만 마나의 인도자들이 모두 움직일 것이라는 점이 중요했다.

"하아, 설마 라스푸틴 그놈이 그런 천인공노할 짓을 하고 있었다니!"

헨기스트는 노발대발하면서 목에 핏대까지 세웠고, 사이먼도 심각한 표정으로 변했다.

재중의 말이 사실로 밝혀진 이상 그저 배신자를 처치한다는 마나의 인도자들의 규율만이 문제가 아니었다.

지금 사는 세상을 지키기 위해서라도 라스푸틴을 꼭 찾아야만 했다.

거기다 마나의 인도자들 입장에서는 적지 않은 문제가 하나 더 있었다.

만에 하나라도 라스푸틴이 한때나마 마나의 인도자들과 같은 길을 걸었다는 것이 세상에 알려진다면 그 뒷감당을 어떻게 해야 할지 짐작조차 가지 않았다.

최악의 경우 세상 모든 사람이 적으로 돌아서는 것도 고민해 봐야 할 문제였다.

잘못하면 60억이 넘는 인구와 마나의 인도자 전원이 전쟁을 치러야 할 수도 있는 일이었다.

세계 3차 대전이 마법사와 인류의 싸움이라는 황당한 전쟁이 될 수도 있었다.

"하지만 재중 님, 그러려면 우선 저희가 마음 편하게 움직여야 합니다."

"그렇습니다. 지금도 CIA 위성이 저희를 찾기 위해 그리스 곳곳을 감시하고 있을 겁니다."

상황이 상황인 만큼 곧바로 움직여야 했다.

하지만 지금 6인의 수장을 비롯해 이곳 비밀 아지트에 숨어 있는 일행은 CIA의 감시 때문에 어쩔 수 없이 숨어 있는 상황이다.

"그건 제가 알아서 하죠."

재중이 해결한다고 하자 6인 전원의 표정이 죽다 살아났다는 표정으로 변했다.

"정말입니까?"

"그렇다면 저희도 최선을 다해 쟁롯을 모으도록 노력하겠습니다."

Chapter 11
또 다른 제자

재중귀환록

재중은 가장 힘들 것으로 생각된 6인의 수장들을 설득하는 데 성공하자 곧바로 움직여 바네사를 찾았다.

"저를 찾으셨다구요?"

"응, 우선 이것부터 받아."

　바네사는 갑자기 자신을 찾는다는 말에 와보니 설명도 없이 반지를 내미는 재중의 행동에 조금 당황했다.

　하지만 우선 반지를 받아 들었다.

　별다른 특징도 없고 굵기는 적당한 것이 어디서나 흔하게 볼 수 있는 반지다.

거기다 금빛이 나긴 했지만 기껏해야 14K 정도 될 법한 싸구려 반지였다.

바네사는 대체 이걸 자신에게 왜 주는지 궁금한 표정으로 쳐다보았다.

"그걸 껴봐."

"이걸요? 음, 이렇게요?"

바네사가 시키는 대로 반지를 손가락에 착용하자 재중이 바네사를 그대로 전신 거울 앞으로 데려갔다.

"헉! 이게 뭐예요?"

바네사는 거울을 보고 놀라 재중을 쳐다봤다가 다시 거울 보기를 반복했지만 도저히 눈앞의 광경을 믿을 수가 없었다.

거울 속에 자신의 얼굴이 아니라 처음 보는 흑발의 외국 여자가 서 있으니 말이다.

미인이라 불릴 만한 미모기는 했다.

하지만 자신의 얼굴이 아닌 전혀 다른 얼굴이 있으니 적응하지 못하는 것은 어쩔 수가 없었다.

"시간이 없어. 우선 이대로 영국으로 보내줄게."

"영국이요?"

"거기서 MI6를 통해서 새로운 신분을 만들어. 그리고 거기서 기다려 줘."

"영국에서 지금 이 얼굴로 새로운 신분을 만들어서 기다리라구요? 설마 CIA 때문에 그런 건가요?"

재중이 얼굴을 바꿔주는 반지를 줄 때는 몰랐지만, MI6를 통해서 새로운 신분을 만들라는 말에 바로 알아챌 수 있었다.

CIA 때문에 자신의 신분을 완전히 바꿔주려는 것이다.

"우선은 거기서 기다리면서 사람을 모아줘야겠어."

"……!"

갑자기 재중이 사람을 모아달라는 말에 바네사의 눈빛이 날카롭게 바뀌었다.

"사람이라면 정보를 원하는 거죠?"

전직 CIA와 킬러이던 바네사에게 사람을 모아달라는 의미는 하나뿐이었다.

"마나의 인도자들을 도와서 무언가 찾아줘야겠어. 대신 CIA에게서 너의 존재를 자유롭게 해주지."

"……."

얼굴이 바뀌었다.

MI6에서 새로운 신분까지 만들어준다고 한다면 사실상 CIA의 눈을 피하는 것도 그리 힘들 것 같지 않았다.

바네사는 고개를 끄덕였다.

어차피 재중과 한배를 탄 상황이다.

오히려 바네사는 재중의 이런 신경 써주는 모습이 고마울 뿐이다.

"예전 동료들과 은밀하게 접촉해서 쟁롯에 대해서 정보를 모아줘."

"쟁롯이요? 그 저주받은 건 왜요?"

"......?"

재중은 바네사가 쟁롯에 대해서 알고 있는 듯한 반응에 오히려 눈을 크게 뜨고 쳐다보았다.

"그거 킬러들 사이에서도 제법 유명해요."

"그래?"

"네. 그거 가지고 있다가 죽을 고비를 넘긴 녀석도 있지만, 반대로 쟁롯을 소유하고 있다가 비명횡사한 킬러도 꽤 되거든요. 물론 모두 들은 이야기지만 킬러들 사이에서는 행운과 불행을 동시에 가져다주는 부적이라고 알려져 있어요."

재중은 쟁롯이 이미 킬러들 사이에서도 제법 유명하다는 말에 표정이 심각해졌다.

킬러들이 공공연히 가지고 있을 정도면 쟁롯의 숫자가 재중의 예상보다 더 많을 수도 있다는 얘기였다.

"흔한가?"

재중의 표정이 굳어진 것을 본 바네사는 신중히 말을

골라 대답했다.

어떤 이유인진 몰라도 재중의 표정이 저렇게 굳어지는 경우가 흔하지 않다는 것을 알고 있기 때문이다.

"흔하지는 않아요. 하지만 구하려고 마음만 먹으면 대략 1~2개월 내로 구할 수 있기도 하죠."

"일반인은 구하기 힘들겠지?"

킬러들이 1~2개월 걸린다면 당연히 일반인은 더 힘들 것이라는 예상에 물었다.

"뭐 돈 많은 부자들이 아닌 이상 사실상 구할 수가 없을 거예요. 가격이 상당하거든요."

"얼마나 하지?"

"뭐 그건 정해진 건 없지만, 대충 1만 달러에서 10만 달러까지 가격 차이가 심한 편이에요."

열 배나 차이가 난다면 사실상 정해진 가격은 없다는 뜻이다.

그리고 그건 귀한 편에 속한다는 뜻이다.

"그럼 이렇게 해줘. 동료들을 찾는 건 아무래도 CIA가 끼어들 수도 있으니까 이 사람들을 찾아가서 이들과 같이 움직이면서 모아줬으면 해."

재중이 품으로 손을 넣자 테라가 영국에서 고용한 사람들의 연락처가 적힌 명함을 슬쩍 넘겨주었고, 재중은 그걸 바네사에게 건넸다.

"음, 다들 변호사에 빵빵한 사람들이네요?"

"내가 잠시 고용한 사람들이니까 같이 움직이면 될 거야."

"네, 저야 상관없어요."

"그럼 바로 영국으로 가도록 해."

"헉! 지, 지금요? 자, 잠깐만요! 아직 옷이 추리닝이라……!"

슥.

바네사는 그대로 사라져 버렸다.

물론 영국 MI6 국장 사무실에 나타나서 MI6 내부에 잠깐이지만 비상이 걸릴 뻔했다는 것은 비밀이다.

재중과 통화하고 나서야 겨우 바네사가 체포되는 상황은 막을 수 있었다.

덕분에 MI6와 재중이 다시 연결되어 오히려 MI6에서는 반기는 분위기라고 했다.

나중에 전해온 바네사의 말에 따르면 말이다.

*   *   *

"라스푸틴이 노리는 것이 뭘까?"

재중은 바네사를 MI6로 보내고 혼자 잠시 고민에 빠졌다.

6인의 수장은 마나의 인도자들과 연락을 취하느라 바쁘고, 다른 쪽에서 세프는 스스로 쟁롯에 대한 자료를 수집한다고 정신없었다.

테라도 자신이 고용한 사람에게 지시를 한 뒤로도 계속 바빴다.

CIA를 다시 교란시키기 위해서 바네사와 완전히 똑같은 클론을 만들어야 하는 등 나름 일이 있는 것이다.

그러다 보니 재중이 잠깐이지만 시간이 비어버리면서 여유가 생겼다.

재중은 여유가 생기자 이런저런 생각이 들면서 도대체 라스푸틴이 노리는 것이 무엇인지 궁금해지기 시작했다.

최소한 적이 무엇을 생각하고 노리는지는 알아야 했다.

아는 만큼 재중에게 유리한 것이 사실이니 말이다.

재중이 쟁롯을 즉각적으로 모으는 이유도 바로 거기에 있었다.

라스푸틴이 오랜 세월 동안 쟁롯을 만들어가면서까지 완성하려고 하는 것이 무엇인지 알고 싶기 때문이다.

그저 흑마법의 길로 빠져 버린 타락한 마법사라고 치부할 시기는 지났다.

시간이 지날수록 드러나는 증거들이 범상치 않았으니 말이다.

거기다 오랜 세월 동안 라스푸틴을 추적했던 마나의 인도자들조차 라스푸틴이 쟁롯을 만들어내고 있다는 것을 전혀 몰랐다.

그것을 보면 그간 라스푸틴이 정말 비밀리에 움직였다는 것을 알 수 있었다.

"이렇게 오랫동안… 철저하게 비밀로 한 것을 보면 분명히 숨겨진 것은 더욱 크겠지……."

일반적으로 생각할 수 있는 것은 아닐 것이다.

마기를 사용한다고 하지만, 결과적으로는 인간을 제물로 실험을 하고 있는 셈이니 말이다.

인간 제물은 숫자만 많다면 마계에서 마왕도 소환해 볼 만큼 생명의 무게가 무거웠다.

수천 명의 목숨을 한꺼번에 죽이는 무식한 건 아니지만, 희생되는 한 명 한 명이 모두 마법사였다.

그 점을 생각해 보면 더욱 심상치 않았다.

단순히 양이 아니라 질까지 함께 따지면 지금 라스푸틴이 하는 실험은 마왕을 소환하는 것 이상으로 위험하다고 재중은 느끼고 있었다.

"마기를 살아 있는 인간이 흡수하는 것, 그것으로 인해 잠깐이지만 마족화하는 것… 이게 가장 문제인데…….."

인간이 마기를 흡수할 수 있다는 것도 사실 큰 문제였다.

마족 소환이라는 건 워낙에 큰 대가를 바쳐야 하는 행위였다.

마족이라는 존재가 워낙에 변덕이 심하다 보니 소위 위험부담이 상당히 높다는 리스크가 있었다.

그래서 마법을 당연하게 받아들이는 대륙에서도 마족 소환은 거의 역사 기록에나 찾아볼 수 있을 만큼 흔하지 않았은 일이었다.

그런데 지금 라스푸틴이 벌이는 일은 조금 달랐다. 마기만 소환한다는 것은 깊이 생각을 해봐야 했다.

마나가 세상 어느 곳에나 있듯이, 마기도 마계 어디에나 있었다.

즉 작은 바늘구멍만큼의 소환이 성공하더라도 마기는 충분히 뽑아낼 수 있는 장점이 있는 것이다.

물론 마기는 살아 있는 인간의 몸에 닿으면 즉사, 죽은 시체에 닿으면 좀비가 되는 심각한 부작용이 있다.

때문에 좀비를 만드는 네크로맨서 외에는 딱히 마기 소환을 하는 마법사가 없었다.

하물며 마기를 소환해서 좀비를 만든다고 그 좀비가 특

별히 강하냐?

그것도 아니었다.

네크로맨시 마법으로 만든 좀비와 똑같은 능력을 가지고 있었다.

거기다 결정적으로 소환된 마기로 인해 만들어진 좀비는 흑마법사의 명령을 듣지도 않았다.

그러다 보니 대륙에서도 그런 영양가 없는 짓을 하는 흑마법사가 없었고 재중도 이런 일은 처음 볼 수밖에 없었다.

"어떻게 마기를 흡수하고도 멀쩡히 살아 있을 수 있지……."

아무리 흑마법사라고 해도 마나가 어둠에 오염되는 것뿐, 마기와 직접적으로 닿으면 결과적으로 죽는 것은 똑같았으니 말이다.

하지만 알람은 멀쩡했다.

거기다 비록 시간 제한이 있긴 했지만 마족화까지 되었다.

"언령을… 사용하려는 것이 라스푸틴의 목적인가?"

알람이 재중에게 사용했던 파워 워드 킬을 생각해 보면, 라스푸틴이 원하는 것이 언령 마법일지도 모른다는 생각이 언뜻 들었다.

하지만 재중은 곧 고개를 흔들어 버렸다.

고작 언령 마법 하나 때문에 마기를 흡수하는 번거로운 짓을 한다는 건 무리수가 있었다.

거기다 잠깐이지만 마족화하는 대가까지 지불하기에는 터무니없을 만큼 손해였다.

파워 워드 킬 한 번 쓰고 죽어버리면 그게 무슨 소용이란 말인가.

죽으면 아무런 소용이 없었다.

그리고 라스푸틴처럼 영혼을 이동시켜 몸을 바꿔가면서 살아남을 만큼 삶에 집착이 강한 녀석이 원한다고 생각하기에는 도무지 말이 되지 않는 것이다.

"뭔가 있어… 뭔가가…….."

하지만 머리 아프도록 생각을 해봐도 도무지 의도를 짐작하기 힘들었다.

결국 재중은 한숨을 쉬면서 방을 나와 버렸다.

생각이 생각을 만들어내듯, 지금 이렇게 고민을 하는 것은 좋지만 너무 깊이 빠지는 것도 결코 좋지 않았으니 말이다.

―마스터.

"응?"

방을 나온 재중이 연아를 찾아가려고 할 때, 테라의 음성이 들려왔다.

재중이 걸음을 멈추자 테라가 말을 이었다.

—CIA에서 제가 만든 클론에 속지를 않아요.

"생물학적으로 완전히 바네사와 같은데도 말이야?"

재중은 유전자 복제로 만든 클론에 CIA가 속지 않는다는 말에 고개를 갸웃거렸다.

—흑마법사가 CIA에 포함되어 있었는데, 아무래도 그 녀석이 클론이라는 것을 눈치채고 CIA에게 말해준 것 같아요.

"흠……."

사실 클론 복제는 마나의 길을 걷는 일반적인 마법사보다 흑마법사들에 특화되어 있긴 했다.

키메라 등 인체와 관련된 여러 가지 실험을 조건 없이, 제약 없이 하다 보니 자연스럽게 그런 노하우가 쌓인 것이다.

사이먼의 말에 따르면, 2차대전 때 독일군과 일본군이 인체 실험을 했던 자료에 가장 욕심을 냈던 것도 바로 라프수틴의 제자들이라고 한다.

흔적을 조금이라도 드러내는 순간, 6인의 수장과 수백 명의 마나의 인도자에게 쫓길 것을 그들도 알았다.

그럼에도 불구하고 라스푸틴의 제자들은 모습을 드러

냈었다고 했다.

알람의 흔적을 발견하고 카디스가 추적을 개시한 것도 모두 그때가 시작이라고 했으니 말이다.

타락의 길로 빠진 게 문제일 뿐, 어쩌면 탐구심과 호기심은 흑마법사들이 더욱 강할 수도 있었다.

"알람 외에도 CIA와 인연이 닿은 라스푸틴의 제자가 있었다는 거군."

지구에 흑마법사는 라스푸틴과 그의 제자들뿐이었으니, 결론은 간단하게 나왔다.

─어떻게 할까요? 이대로 그냥 무시할까요?

지금 재중이 CIA를 건드리면 그때부터 랜필드 가문과 필연적으로 연결이 될 수밖에 없었다.

CIA 국장에게 명령을 내릴 수 있을 정도의 힘을 가지고 있으니 말이다.

"우선 직접 가봐야겠다."

─네, 마스터.

재중은 그 말을 하고는 잠깐 연아에게 찾아가 조만간에 영국으로 가서 잠시 머물 것이라고 전했다.

그리고 바로 테라를 따라서 CIA가 있는 곳으로 이동했다.

─저 녀석이에요, 마스터.

"멀쩡한 녀석이군."

재중은 테라가 말한 CIA와 함께 있다는 흑마법사를 확인하고는 의외라는 반응을 보였다.

알람과 완전 다른 스타일이었으니 말이다.

몸매가 모두 드러난 레깅스에 선글라스, 거기다 몸매의 굴곡이 모두 드러난 상의와 포인트 있는 재킷을 보고 있으면 모델로 착각할 만큼 세련되었으니 말이다.

그리고 순간 재중은 라스푸틴은 여제자를 뽑을 때 얼굴과 몸매를 보고 뽑았는지 살짝 의구심이 들기도 했다.

그만큼 스타일과 몸매가 압도적이었다.

알람도 어디 가서 빠지지 않는 몸매와 얼굴이지만, 칙칙한 로브에 가려져 있기에 크게 눈에 띄지는 않았다.

하지만 저 녀석은 완전 자신의 매력을 뿌리고 다니는 수준이었다.

알람과 확연히 비교가 될 정도로 말이다.

―그런데, 저 녀석이 라스푸틴의 제자라는 증거는 없어요, 아직. 흑마법이 느껴져서 저도 그렇게 판단만 할 뿐이거든요.

"뭐 직접 만나보면 알겠지, 저 녀석만 따로 움직일 때를 기다려야겠다."

조금만 기다리면 조용하게 처리할 수 있는 것을 굳이

성급하게 움직일 생각이 없는 재중이다.

재중은 우선 느긋하게 지켜보기로 했다.

물론 그들의 대화를 모두 들으면서 말이다.

Chapter 12
역오망성

재중귀환록

CIA 그리스 지부를 담당하고 있는 지부장은 지금 자신의 옆에 있는 색기가 흐르는 여자를 상당히 어려워하는 표정으로 마주 보고 있었다.

반대로 여자는 여유로운 것이 조금 특이했다.

CIA 지부장이라면 그래도 상당히 높은 위치다. 상황에 따라 암살 명령도 내릴 수 있는 직급이니 말이다.

"그대가 보기에는 어떻습니까?"

지부장의 질문에 라세츠는 슬쩍 바네사의 클론을 손으로 만져 보면서 피부를 꼬집어도 보고, 때려보고, 거기다 날카로운 수술용 메스로 살을 갈라 버리는 짓도 서슴지 않았다.

그리고 일어서서는 지부장을 향해 간단하게 한마디만 하는 것이다.

—클론이에요, 그것도 생물학적으로는 완벽하게 똑같은 클론 말이죠.

"…그게 가능합니까?"

지부장은 확신하는 라세츠의 말에 믿어지지 않는다는 표정으로 되물었다.

하지만 라세츠는 피식 웃었다.

—저도 설비와 시간만 있으면 지부장님과 똑같은 클론을 만들 수 있어요, 물론 지금 저 시체처럼 살아 있는 것은 아니지만요.

오싹!

지부장은 자신과 똑같은 유전자 구조를 가진 클론을 만들 수 있다는 라세츠의 말에 순간 소름이 돋았다.

지금이야 시체겠지만, 시간이 지나면 자신과 같은 복제 인간을 만들 수도 있다는 말로 들렸으니 말이다.

"그런데 어떻게 저 시체가 바네사 리올레가 아닌 클론이라고 단정하는 겁니까?"

지부장은 본부에 보고서를 올려야 하는 입장이다 보니

라스체에게 확실한 이유를 듣고 싶어 했다.

물론 본부에서 온 라세츠가 한마디만 해주면 끝날 일이긴 하다.

하지만 그래서는 자신이 위험한 것이다.

능력이 없는 지부장으로 찍힐 수도 있기에 최대한 하는 시늉을 할 수밖에 없었다.

혹시라도 운이 좋으면 무언가 라세츠가 놓친 것을 자신이 발견해서 인정받을 수도 있으니 말이다.

머리싸움이 대부분인 CIA에서 지부장까지 오른 그의 상황판단 능력은 결코 쉽게 볼 것이 아니긴 했다.

지금 이 순간에도 라세츠에게 시선을 주는 듯하지만, 정신은 바네사 리올레의 클론 시체에 집중되어 있는 것을 보면 말이다.

―뭐… 복잡하게 말해봐야 이해하기 힘들 테니 간단하게 말해서, 세포분열의 사이클 패턴이 단 1번만 이뤄졌으니까요.

"……?"

처음에 지부장은 라세츠가 하는 말을 이해하지 못하는 듯 물끄러미 쳐다보았다.

하지만 잠시 곰곰이 생각하자, 그녀가 말한 것이 무엇인지 알아차렸다.

"그 말은 세포분열을 한 횟수가 적다는 거군요."

─그렇죠. 아시다시피 일반적인 사람은 태어나 자라면서 죽을 때까지 세포가 분열하고 다시 생성돼요. 그건 아시죠?

"그거야… 그렇습니다."

지부장도 확실히 이해했다는 듯 고개를 끄덕였다.

태어나서 수없이 세포분열을 하면서 자라고, 또 성장하는 것이 사람이다.

한데 세포분열이 단 한 번만 이뤄졌다면 그건 누가 봐도 이상할 수밖에 없었던 것이다.

물론 그걸 한눈에 알아본 라세츠가 괴물처럼 느껴지는 지부장이었다.

하지만 지부장은 잠깐 떠오른 생각을 바로 머릿속에서 지워 버렸다.

이런 일을 하다 보면 알아도 모른 척, 몰라도 아는 척해야 하는 것이 당연하게 여겨지니 말이다.

─가짜예요. 제 이름을 걸고 말할 수 있어요.

CIA 내부에서 구체적인 검사를 따로 하긴 할 것이다.

라세츠가 아무리 본부에서 나온 사람이라고 해도, CIA 내부적으로 정해진 규율대로 갖춰야 하는 서류와 증거가 있기 때문이다.

하지만 형식적으로 세포를 검사하긴 하겠지만, 이미 라세츠의 존재를 들은 적이 있는 지부장은 거의 수긍하는 분위기였다.

마나의 인도자와 비슷한 힘을 가진 마법사, 그리고 동시에 본부에 있는 CIA 국장만 움직일 수 있는 존재가 바로 라세츠였으니 말이다.

그래서인지 라세츠에 대한 정보는 알아도 모른 척, 모르면 그대로 영원히 모른 척해야 했다.

물론 바네사 리올레의 시체가 발견되었다는 소식을 본부에 보고하자마자 바로 라세츠가 날아온 것은 조금 의외였었다.

─이거 내가 가져가도 되죠?

라세츠는 호기심 가득한 눈빛으로 바네사의 클론 시체를 가르키며 물었다.

"네, 이미 저희도 세포 샘플을 확보했으니 마음대로 하셔도 됩니다."

라세츠의 파견 당시 CIA 국장으로부터 무조건 협조하라는 지시를 받은 지부장이었다.

그는 곧바로 생각할 것도 없이 고개를 끄덕였다.

─그럼 수고해요~

나들이 나온 아가씨처럼 가볍게 걷기 시작한 라세츠는

그대로 시체를 담은 검은 주머니를 한 손으로 집어 들었다.

그러더니 가볍게 어깨에 짊어지고는 숲속으로 들어가 버렸다.

"지부장님… 그녀가 혹시… 시크릿… 입니까?"

통칭 시크릿으로 알려졌기에 지부장의 오른팔에 가까운 요원 하나가 다가와서 슬쩍 물었다.

"쉿! 우리는 이곳에서 그녀를 본 적도, 들은 적도, 당연히 만난 적도 없다."

"넷! 지부장님."

요원은 지부장의 살벌한 눈빛에 곧바로 몸을 돌려 가버렸다.

호기심이 고양이를 죽인다는 말이 그냥 하는 말이 아니다.

실제로 자신이 당할 수도 있는 곳이 바로 CIA였으니 말이다.

*   *   *

─룰루~ 랄라~~ 룰루~ 랄라~

가벼운 발걸음으로 걷고 있는 라세츠의 모습을 보면, 그

녀가 짊어진 것이 시체라고는 도저히 생각할 수 없을 만큼
밝은 분위기였다.

물론 나무 위에서 그런 라세츠를 바라보는 재중은 무심
한 표정으로 조용히 그녀의 뒤를 따르기만 할 뿐이었다.

바로 옆에 있어도 알 수 없도록 존재감을 완전 바닥까
지 떨어뜨린 채로 말이다.

─이쯤이면 되겠지?

겨우 30분 정도 산속으로 들어왔을 때, 라세츠가 걸음
을 멈췄다.

비록 30분이라지만 산속이라고는 믿어지지 않을 만큼
가볍게 움직인 라세츠의 움직임 때문에 실제로는 상당히
깊은 곳까지 들어온 상태였다.

웬만한 비명 소리라도 밖에 들리지 않을 만큼 말이다.

─슬슬… 시작해 볼까.

주변에 아무도 없는 것을 확인한 라세츠는 어깨에 짊어
지고 있던 시체 주머니를 바닥에 내려놓고는 지퍼를 열었
다.

지이익!

그리고 주머니 속에서 바네사의 시체 클론을 꺼내더니
바닥에 그냥 내려놓았다.

부시럭, 부시럭.

라세츠가 클론 시체를 내려놓고 품에서 꺼낸 것은 단검 다섯 개였다.

그 단검은 재중에게는 매우 낯익은 것이었다.

'저건… 알람이 썼던 그것과 같은 거군.'

마치 같은 공장에서 찍어낸 듯 손잡이가 너무나 똑같았기에 재중도 한눈에 알아볼 수 있었다.

역시나 라세츠도 클론 시체를 중심으로 정확하게 알람과 똑같이 역오망성의 끝에 해당하는 다섯 꼭짓점에 단검을 박아 넣었다.

톡!

그러고는 마력으로 손가락 끝에 피를 모아 터뜨리자, 금방 피가 흘러내렸다.

추우욱… 슥슥슥

자주 해본 듯, 익숙한 모습으로 알람이 그렸던 역오망성을 똑같이 그리는 라세츠였다.

그녀가 하는 모습을 지켜본 재중은 역시나 자신의 예상대로 라스푸틴이 제자를 이용해서 실험을 하고 있다는 확신을 가질 수 있었다.

'……??'

그런데 라세츠와 알람이 다른 점은 그때부터였다.

역오망성 중심에 섰던 알람과 달리, 라세츠는 역오망성

을 그렸지만 들어가지 않고 역오망성의 중심이 되는 꼭짓점 바깥에 섰다.

스걱!!

그러고는 자신의 왼쪽 새끼손가락을 거침없이 잘라 버렸다.

화아악!!!

그런데 별다른 주문도 없이 그저 새끼손가락을 잘랐는데 놀랍게도 역오망성이 활성화가 되는 것이다.

마치 새끼손가락을 자르는 것이 스위치라도 되는 것처럼 말이다.

'독특해.'

비록 본인이 마법을 사용하진 못하지만 재중은 그래도 대륙의 현자로 불리는 베르벤으로부터 얻은 마법적 지식이 적지 않았다.

하지만 베르벤에게서도 주문 없이 마법진을 활성화하는 방법은 들은 적이 없었다.

—저도 처음 보는 방법인데요. 마스터.

하물며 드래곤의 마도서인 테라도 처음 본 특이한 방법에 호기심 가득한 표정으로 쳐다보았다.

꿈틀꿈틀…….

역오망성 안에서 마기가 피어나기 시작했다.

물론 여기까지도 재중에게는 이미 익숙한 모습이었다.

다만, 그렇게 역오망성 안에 피어나듯 모습을 드러낸 마기가 모두 바네사의 클론 시체에 스며들고 있다는 것이 다른 점이지만 말이다.

―좀비를 만들려는 걸까요?

클론이긴 하지만, 시체는 시체였다.

테라는 죽은 시체에 마기가 스며들면 당연히 좀비나 구울이 된다는 것을 알고 나직하게 중얼거렸다.

하지만 목소리가 평소의 확신에 찬 느낌은 아니었다.

겨우 구울이나 좀비를 만들려고 손가락을 자르진 않았을 테니 말이다.

우득! 우드드득!!

그런데 그런 테라의 예상을 비웃기라도 하듯, 마기가 스며든 클론 시체는 갑자기 온몸이 줄어들기 시작했다.

황당하긴 하지만 비유적인 표현이 아니라 정말 클론의 시체가 줄어들었다.

물론 뼈가 부서지는 소리가 계속 들리긴 했지만 그것 외에는 특이점을 찾아볼 수 없을 만큼 너무나 자연스럽게 말이다.

하지만 그렇게 줄어든 클론 시체가 결국 미라처럼 마르자 점차 익숙한 것이 되어가기 시작했다.

'쟁롯… 을 만들고 있었군.'

그랬다.

굳이 라세츠가 산속 깊은 곳까지 들어와서 역오망성을 그려서 만든 것이 쟁롯이라는 것을 확인한 재중은 표정이 굳어버렸다.

'대량생산 수준이군… 이 정도면.'

알람처럼 자신이 직접 받아들여서 마족화하는 것 외에, 오로지 쟁롯을 만들어내기 위한 방법으로도 역오망성이 쓰인다는 것을 직접 보았다.

쟁롯의 재료가 죽은 인간의 시체라는 것까지 알게 된 재중의 굳은 표정은 쉽게 풀어질 줄을 몰랐다.

―마스터, 이 정도면 쟁롯을 모으는 의미가 없지 않을까요?

라스푸틴의 흔적을 찾기 위해서 쟁롯을 모으려고 했던 재중이었다.

하지만 뜻밖에 이렇게 쉽게 쟁롯이 만들어진다는 것을 알게 되자 머릿속이 혼란스러울 수밖에 없었다.

하지만 반대로 예상치 못했던 수확도 있었다.

재중이 생각했던 것과 달리 마기 흡수는 그저 변형에 불과하다는 것을 말이다.

재중은 정말 핵심은 바로 알람과 라세츠가 그린 저 역

오망성이라는 것을 알게 되었다.

그것만으로도 나름 수확은 있는 셈이었다.

이제 모든 일이 끝났는지, 잘린 손가락을 아무렇지 않게 다시 붙여 버린 라세츠가 걸음을 옮기기 시작했다.

—저 녀석이 다시 움직여요, 마스터.

테라는 라세츠가 클론 시체로 만든 쟁롯을 집어 들어 등에 맨 작은 백팩에 넣고 왔던 길을 되돌아가는 모습을 보고 다급히 소리쳤다.

하지만 재중은 테라의 외침을 듣고도 움직이질 않았다.

'테라.'

—네?

'저 녀석의 추적을 세프에게 부탁해라.'

—그냥 보내주시게요?

'응, 지금은 그게 중요한 게 아니니까.'

—네.

재중의 명령에 적대 복종인 테라는 세프에게 간단하게 라세츠를 추적해 달라는 말을 전했다.

그사이 재중은 라세츠가 있던 곳에 내려갔다.

스윽……

손으로 역오망성이 그려졌던 장소를 만져 본 재중은 느껴지는 마기의 흔적에도 불구하고 꼼꼼하게 주변을 모두 손으로 만지고 다녔다.

그 모습을 지켜보던 테라가 조심스럽게 물었다.

―마스터, 역오망성이 이번 일의 열쇠라고 생각하시는 거예요?

"내가 생각할 때, 마기 흡수… 잠깐의 마족화… 쟁롯 모두 결과물에 지나지 않아. 모두 이 역오망성으로부터 시작되었으니까 말이야."

―그거야 그렇긴 하지만… 음… 도무지 어떤 법칙이 적용 된 건지 알 수가 없어요…….

드래곤들의 지식을 가진 테라도 역오망성을 그저 마기를 가둬두는 그릇 정도로만 생각했으니 지금의 혼란은 당연했다.

무엇보다 테라가 알고 있는 모든 마법적 법칙을 다 무시한 상황이 벌어지고 있었다.

그래서 더욱 혼란스러웠던 것일지도 모른다.

마법에 필요한 룬어도 없었고, 최소한의 발동 법칙도 없는 정말 특이한 소환이었다.

"역시… 차원의 균열이 있었어."

―정말요?

재중은 꼼꼼하게 라세츠가 남긴 흔적을 살펴본 결과, 단검을 꽂아 넣었던 흔적에서 차원의 균열이 있었던 흔적을 발견했던 것이다.

물론 두 번이나 차원이동을 했던 재중이기에 그나마 겨우 느낄 수 있을 만큼 아주 희미했다.

하지만 재중의 눈을 완전히 피할 수는 없었다.

—음… 어차피 시간이 지나면 차원의 균열은 자연적으로 회복해서 사라질 테니… 마스터께서 그냥 모른 척했다면 알지 못했겠네요…….

재중이 알람을 상대했을 때에는 마기 폭발로 근처의 모든 것이 통째로 사라졌었다.

그래서 재중도 태라도 희미한 차원 균열의 흔적을 알수가 없었다.

강력한 마기 폭발의 후유증으로 감각이 일시적으로 마비되었으니 말이다.

그리고 역시나, 시간이 조금 지나자 단검으로 찌른 크기의 차원 균열은 감쪽같이 사라져 버렸다.

자연이 스스로 정화하고 치료하는 힘을 지녔듯, 차원의 벽도 웬만한 균열은 스스로 치료하는 힘을 가지고 있기에 나타난 현상이다.

—그런데요… 마스터, 좀 이상하지 않아요?

"뭐가?"

—너무… 흔적이 많다는 느낌이 들어서요, 저는.

"너무 흔적이 많다?"

—네, 그냥 가만히 생각해 봤는데요, 처음 마스터께서 쟁롯의 존재를 발견한 게 신승주의 집이잖아요.

"그렇지."

—그런데 기억하시겠지만, 누군가가 의도적으로 신승주에게 접근해서 쟁롯을 두고 갔어요.

"……."

테라의 설명을 가만히 듣던 재중도 뭔가 이상한 느낌을 받기 시작했다.

아주 오래되긴 했지만, 분명 누군가 재중을 사칭하고 쟁롯을 신승주의 집에 두고 사라졌었다.

물론 그때는 그 어떤 흔적도 남기지 않고 사라져 버렸었다.

그리고 사실 그다지 중요하게 생각한 적도 없었기에 재중도 잊고 있었다.

하지만 따지고 보면 테라의 말대로 재중과 쟁롯의 인연이 시작된 것은 신승주의 집이었던 것이다.

그것도 재중이 차원이동을 한 지 얼마 되지도 않은 시점에서 말이다.

"테라 네 말뜻은 의도적이라는 말이야?"

—음… 확신은 없어요. 하지만 뭔가 자연스럽지는 않다

는 생각이에요.

"…그럴지도."

쟁롯이 결국 라스푸틴으로부터 시작되었다는 것을 알고 있는 재중이다.

의심하지 않을 수 없는 상황이었다.

그동안 조용히 흔적도 없이 있다가, 갑자기 재중이 지구로 되돌아온 때와 맞춰서 흔적을 흘리고 다닌 것이다.

물론 완전 대놓고 흔적을 흘린 것은 아니다.

하지만 분명히 재중과 관련된 일마다 쟁롯이 꼭 튀어나왔었다.

신승주도 그렇고, 스페인에서도 그랬다.

사실 오랫동안 조용히 은밀하게 쟁롯을 만들었던 라스푸틴이 했다고 하기에는 무언가 많이 어설프고 작위적인 느낌이 든 것이다.

—혹시 유인하는 게 아닐까요?

테라의 말에 재중의 입가에 조용히 미소가 그려지기 시작했다.

"나에게 미끼를 던졌다는 거군, 자신의 제자들을 먹이로 말이야."

—그럴 가능성도 생각해 봐야 할 것 같아요. 아무리 생각해도 전 왠지 라스푸틴이 마스터의 존재를 알고 있다는

느낌이 들거든요.

여자의 직감인지, 아니면 드래곤의 지식을 종합해서 내린 결론인지 모른다.

하지만 확실히 재중으로서도 많이 공감되는 의견이었다.

최근의 일만 놓고 보면 그다지 이상할 것이 없었다.

하지만 과거 쟁롯을 처음 만났을 때까지 거슬러 생각해 보면 너무나 꺼림칙했다.

마치 낚시꾼이 밑밥을 뿌리면서 고기를 모으는 것 같았다.

자신의 제자들을 하나씩 재중에게 보내고 충돌시키는 것을 보면 말이다.

아무리 생각해도 라스푸틴에게는 전혀 도움이 되는 행동도 아니었다.

수족처럼 부리는 제자들이 사라지면 결국 불편한 것은 라스푸틴 본인이다.

한데 그런 것은 전혀 상관조차 하지 않았으니 말이다.

"하지만……."

그럼에도 불구하고 재중은 완벽히 동의하지는 못했다.

확실히 테라의 말도 가능성이 높긴 했다.

하지만 결정적으로 라스푸틴이 재중의 존재를 알고 있

다는 것에는 아무래도 회의적일 수밖에 없었다.

재중의 존재를 알고 있다는 것은 최소한 재중이 차원을 넘은 적이 있다는 것을 알고 있다는 것이니 말이다.

물론 재중이 드래곤이라는 것까지 알고 있을 것이라고는 생각조차 하지 않았다.

6인의 수장들도 재중이 일부러 정체를 밝히기 전까지는 옆에 있으면서도 전혀 알지 못했었다.

하물며 만난 적도 없는 라스푸틴이 알고 있다는 것은 너무 억지로 끼워 맞춘다는 느낌이 강했다.

"테라."

―네, 마스터.

"그 녀석은 지금 어디쯤이지?"

―음… 잠시만요…….

재중이 말하는 그 녀석이 라세츠라는 것을 안 테라가 곧바로 세프에게 물어보았다.

테라는 세프에게서 라세츠가 벌써 헬기를 타고 공항으로 향하고 있다는 말을 들었다.

―헬기를 타고 공항으로 가고 있어요.

"헬기… ?"

―네, CIA측에서 헬기까지 내어준 모양인데요.

피식~

도대체 얼마나 밀접한 관계가 있기에 CIA에서 그 녀석에 대해서 말하는 것조차 조심스러워하는 건지 재중은 궁금해지기 시작했다.

라스푸틴의 제자인 것은 확실했다.

하지만 그것뿐만이 아니라 알람과 달리 라세츠는 CIA와 아주 밀접한 관계를 가지고 있는 듯 보였으니 말이다.

그런데 이상한 것이 한 가지 있었다.

바로 알람과 라세츠가 서로 CIA와 인연이 닿아 있다는 것을 모르는 듯한 모습이라는 점이다.

만약 알고 있었다면, 라세츠가 지금과 같은 모습을 보일 리는 없었다.

사라진 알람의 흔적을 찾거나, 적어도 알람과 만나기로 했던 CIA 요원들의 실종에 대해서 당연히 궁금해했어야 한다.

하지만 라세츠에게서는 그런 기색이 전혀 없었던 것이다.

아예 서로가 같은 CIA를 통해서 정보를 얻거나 이용하고 있다는 것을 전혀 모르는 것 같은 모습이었다.

특히나 라세츠는 갑자기 사라진 CIA와 알람의 흔적조차 관심 없어 했다. 그것을 보면 한 가지 결론이 나왔다.

"라스푸틴의 제자들… 각자 독립적으로 움직이는 것 같

군. 그것도 서로가 전혀 교류를 하지 않고서 말이야."

최소한의 연락을 주고받았다면 분명히 조금 전 라세츠는 알람의 흔적을 찾았을 것이다.

아니, 그보다 알람과 라세츠가 같은 흑마법사였으니 CIA 지부장이 알람을 먼저 찾았어야 했다.

하지만 그 어떤 행동도 하지 않았다는 것 하나만 봐도 충분히 그들의 관계를 알 수 있었다.

"스승이지만 전혀 제자를 관리하지 않는 라스푸틴, 그리고 독립적으로 자기 마음대로 활동하는 그의 제자들… 그렇지만 정말 중요한 순간에는 자기 자신을 위해서라면 제자의 목숨조차 헌신짝처럼 버리는 모습……. 도무지 종잡을 수가 없군……."

잡힐 듯 잡히지 않는 라스푸틴의 행방은 재중을 점점 더 초조하게 만들고 있었다.

Chapter 13
그랜드 캐니언

재중귀환록

그리스에서 바로 전용기를 타고 미국으로 건너 온 라세츠는 공항에 도착하자마자 상당히 비싸 보이는 슈퍼카를 타고 공항을 벗어났다.

　─마스터, 계속 이렇게 조용히 추적만 해요?

　묵직한 엔진음을 울어대면서 사라지는 라세츠를 쳐다보는 재중의 모습에 테라가 걱정스러운 듯 물었다.

　물론 재중도 테라만큼 스스로가 답답함을 느끼고 있긴 했다.

　하지만 재중으로서도 별다른 좋은 방법이 없었다.

차라리 이렇게 조용히 뒤따라 다니는 것이 그나마 속이 편했으니 말이다.

어떤 방법을 쓰는지 모르지만, 아차 하는 순간 라스푸틴이 원격으로 제자를 죽여 버리면 지금보다 더 짜증 날 것이다.

거기다 현재로써는 라세츠 외에 또 어떤 제자가 모습을 드러낼지 알 수가 없는 것도 재중의 행동에 상당한 제약을 주고 있기도 했다.

마치 잡힐 듯 잡히지 않는 술래를 따라가야 하는 상황이었다.

확실히 재중에게 많은 인내심이 요구되고 있었다.

─응?

"왜 그래?"

상대가 흑마법사이기에 최대한 기척을 숨기고 움직이다 보니 재중은 주변을 감지하는 감각이 둔해져 있었다.

그래서인지 지금 테라의 반응에 궁금한 듯 묻게 되었다.

─되돌아오고 있어요.

"되돌아와?"

슈퍼카를 타고 신나게 달려 나갔던 라세츠가 다시 되돌아온다는 테라의 말에 재중은 굳이 가던 길을 멈추고 공항으로 먼저 되돌아와 버렸다.

그리고 잠시 후, 정말 테라의 말대로 조금 시간이 지나
니 라세츠가 타고 떠났던 슈퍼카가 공항 안으로 들어오는
것이다.

─곧바로 전용기를 타는데요.

사실 전용기를 따라 그리스에서 미국까지도 왔으니 그
건 별 상관없었다.

하지만 가던 길을 되돌아왔다는 것에 재중의 눈빛이 날
카롭게 빛나기 시작했다.

"예정에 없던 일이 생겼군."

가던 길을 되돌아오는 일은 평범한 사람들에게도 잘 없
는 일이었다.

특히나 방금 그리스에서 날아온 라세츠가 다시 공항으
로 되돌아와서 전용기에 올랐다면, 거의 높은 확률로 예정
에 없던 일이 생긴 것이라고 추측할 수 있었다.

재중이 슬쩍 입가에 미소를 보이자 테라가 말했다.

─비행기 방향은… 오히려 미국 동쪽이에요.

워낙에 넓은 땅을 가진 미국이다.

비행기 택시가 있을 정도로 비행기를 흔하게 탈 정도여
서 미국 안에서라도 주에서 주로 이동할 때 비행기를 타는
것은 일상적인 편이었다.

급하게 되돌아와 전용기를 탄 라세츠가 내린 곳은 미국 중부 쪽에 있는 애리조나주였다.

라세츠는 비행기에서 내리더니 곧바로 공항을 벗어나기 시작했다.

물론 다른 슈퍼카를 타고서 말이다.

그런데 슈퍼카를 타고서 불과 몇 킬로미터를 갔을까?

이번에는 헬기가 많이 있는 헬기장으로 들어가더니 바로 헬기를 타고서 이동하는 것이다.

—도대체 어디를 가길래… 전용기에 헬기까지…….

테라가 이동 수단이 화려한 것에 조금 쓴소리를 했지만 재중의 눈빛은 오히려 더 차분해지고 있었다.

'급하다.'

재중은 지금 라세츠의 움직임이 그저 보기에만 화려한 것이라고 생각하지 않았다.

물론 화려하긴 했지만, 그것만 보지 않고 냉정하게 생각해 보면 한 가지를 알 수 있었다.

지금 라세츠가 이용하는 이동 수단 모두가 빠른 것들이었다.

물론 계속 전용기를 타지 않았다는 것이 의외이긴 했다.

하지만 굳이 공항을 벗어나 헬기를 대여하는 곳까지 간

것을 보면 확실히 예정되지 않은 움직임 이상으로 시간에 쫓기고 있다는 것을 느낄 수 있는 것이다.

재중이 지금 라세츠의 움직임에서 알 수 있는 것은 하나 더 있었다.

비행기가 이착륙을 할 수 없는 곳.

재중은 라세츠가 굳이 공항에서 움직일 수 있음에도 헬리콥터를 선택한 것은 어쩔 수 없기 때문이라고 생각했다.

비행기가 확실히 더 빠르지만, 활주로가 없으면 비행기는 사실상 애물단지나 마찬가지니 말이다.

"테라."

─네?

"저 녀석이 가는 방향으로 비행기 이착륙이 불가능한 지역이 어디 있지?"

재중이 추리를 끝내고 테라에게 묻자 의외로 바로 대답하는 테라였다.

─굳이 지역을 따질 것도 없어요, 마스터. 그랜드 캐니언밖에 없거든요 일직선상으로 있는 지역은요.

"그랜드 캐니언?"

─네.

씨익~

테라의 대답에 입가에 미소를 그린 재중은 그 뒤로 조용히 라세츠가 탄 헬리콥터만 따라다녔다.

그리고 역시나 재중의 미소가 말해주듯, 라세츠의 행로는 예상대로였다.

그랜드 캐니언에 진입한 헬리콥터는 그 뒤로도 한참을 가다가 전혀 사람이라고는 찾아볼 수 없는 곳에 내려섰다.

투투투투투투투!!!!

라세츠 한 명만 내려준 헬리콥터는 다시 그대로 돌아가 버렸다.

애초에 돌아오는 것은 생각조차 하지 않는 듯 라세츠도 돌아가는 헬기를 쳐다보지도 않았다.

저벅… 저벅… 저벅…….

그러고는 걷기 시작하는 것이다.

찌는 듯한 더위는 전혀 상관없다는 듯 아주 밝고 가벼운 발걸음으로 말이다.

그렇게 걷기를 얼마나 했을까?

저 멀리서 흙먼지를 피우면서 무언가 다가왔다.

군용 지프였다.

척!

지프에서 군인이 내리더니 라세츠를 향해서 절도 있게

경례를 하고는 정중하게 라세츠를 태워서 왔던 길을 되돌아가는 것이다.

그 모습을 지켜본 재중은 고개를 갸웃거렸다.

"그랜드 캐니언에… 군부대가 있었나?"

─그랜드 캐니언은 국립공원이에요. 거기다 유네스코 자연유산으로 등록이 되어서 군대가 있을 수가 없어요, 마스터.

"그럼 저건… 뭐지?"

─군인이죠.

"그렇지? 그럼 군대가 있는 거네?"

─…그건 그렇죠…….

결국 재중은 또 군용 지프를 따라서 움직였다.

물론 지프차가 한적한 동굴 속으로 들어가기 전까지 말이다.

"자연 동굴 안에 군용 지프라… 아무래도 뭔가 냄새가 나는데."

이곳은 관광객도 오지 않을 만큼 깊은 곳이었다.

혹시라도 조난자가 발생할 수도 있겠지만, 거의 100% 확률로 조난당하는 순간 죽을 것이다.

물 한 방울 구하기 힘든 곳이다.

만약 재중이 관광을 하다가 조난을 당했다고 생각해 봐

도 상당히 깊은 곳이었으니 말이다.

헬리콥터로도 한참을 들어온 곳을 누군가 찾아올 리도 없었다.

"그럼 나를 여기까지 따라오게 만든 이유를 확인해 볼까."

재중은 테라의 투명화 마법으로 몸을 투명하게 만든 뒤 지프가 들어간 동굴 속을 향해 발걸음을 옮겼다.

하지만 재중은 의외로 금방 멈춰 서야만 했다.

강철로 만든 문이 가로막고 있었으니 말이다.

그것도 동굴 입구 전체를 막을 만큼 커다란 문이었다.

"이걸 그냥 뚫고 들어가면 들키겠지?"

─그거야 당연하죠, 지금도 인비저블이 아니면 경보기가 울렸을 거예요, 마스터. 동굴 들어오는 순간부터 감시 카메라가 무려 7대나 숨겨져 있는 것을 확인했거든요.

"…다른 곳을 찾아야겠군."

잠시 여기서 기다리다가 철문이 열리면 그때 살짝 안으로 들어가 볼까 하기도 했다.

하지만 사람은커녕 개미 한 마리 찾기 힘든 이곳에서 누군가 오거나 나가는 것을 마냥 기다리는 짓은 시간낭비였으니 말이다.

재중은 철문을 보면서 과연 저 안에 무엇이 있길래 이

렇게 꽁꽁 숨기는 것인지 궁금함이 커지는 중이었다.

그랜드 캐니언 깊숙한 곳에 군용 지프가 다니는 것도 이상했지만, 마치 누군가 알기라도 하면 큰일이라도 난다는 듯 이렇게 커다란 동굴 입구 전체를 철문으로 막아버린 것은 더욱 수상했다.

안에 대단한 것이 있으니 들어오지 말라고 말해주는 것이나 다름없었다.

"어디 괜찮은 길이 없으려나."

재중이 입구를 포기하고 본격적으로 동굴이 있는 커다란 바위산을 뒤지기 시작했다.

역시나 굳이 커다란 철문을 건드릴 필요가 없었다.

사람 하나는 충분히 드나들 만큼 커다란 환풍구가 버젓이 바위산을 뚫고 안으로 연결되어 있었으니 말이다.

그것도 최근에 누군가 만든 흔적을 고스란히 보여주는 환풍구였다.

재중은 고민할 것도 없이 곧바로 환풍구를 막고 있는 철창을 통과하듯 공간을 이동해서 들어갔다.

동굴 입구를 막은 철문이야 안이 보이지 않아서 공간이동을 할 수 없었다.

하지만 환풍구를 막고 있는 철창은 공기가 통해야 했기에 안이 훤히 보여서 공간이동이 쉬웠던 것이다.

─후후후후후훗, 후후후훗.

"테라야."

─흠… 흠. 네, 마스터.

"왜 웃니?"

─아… 아니에요, 마스터. 그냥 어제 본 개그 프로그램이 생각났을 뿐이에요.

환풍구 좁은 곳을 기어서 이동하는 재중의 모습을 본 테라는 웃음을 참을 수가 없었다.

정말 지구에 와서 재중의 새로운 모습을 자주 봤지만, 지금처럼 엉덩이를 씰룩거리면서 좁은 환풍구를 지나다니는 재중의 모습은 처음이었다.

찌릿!

재중의 눈빛이 테라가 있는 자신의 그림자를 향하자.

출렁~

마치 재중의 눈빛을 느낀 듯, 재중의 그림자가 살짝 떨었다.

"여기가 어딘지나 말해."

─대충 산 중간까지 들어온 것 같아요, 마스터.

"그런데 아직도 끝이 보이지 않는 걸 보면… 환풍구 통로가 산을 관통해서 지하까지 내려간다는 긴데."

바위산을 통째로 뚫어서 연결하는 환풍구는 사실 상당

한 기술을 요구하는 것이다.

거기다 그랜드 캐니언의 특성상 외부로의 흔적을 최소한으로 해야 했으니 상당한 자금이 움직였을 것도 당연했다.

그리고 뜻밖의 사항이 하나 있었다.

테라가 세프에게 동굴에 대해 물었는데, 뜻밖에도 세프가 그랜드 캐니언 깊은 곳 동굴 속에 이런 시설이 있다는 걸 모르고 있었던 것이다.

즉 세프도 모를 만큼 아주 은밀하게 이루어졌다는 말이다.

"누가 무슨 이유로 이런 바위산에 깊은 환풍구를 뚫었을까……."

재중은 한참을 내려가면서 그런 고민만 계속했다.

환풍구 끝에 도착해서 드디어 철문 너머, 동굴 안에 들어 설 때까지 말이다.

조용했다.

보이는 것은 어둠뿐, 그 어둠 너머에는 수많은 트럭과 군용 지프가 나란히 주차되어 있지만 사람은 없었다.

물론 사람이 있었던 흔적은 많았지만 현재 재중이 내려선 곳에는 사람의 기척이 전혀 느껴지지 않았다.

—마스터, 적외선 감지 장치예요!

'응?'

테라의 외침에 내디디려는 걸음을 멈춘 재중이 슬쩍 주변을 살펴봤다.

하지만 역시나 숨겨진 기계장치를 찾기에는 재중에게 한계가 있었다.

―마스터, 이걸 쓰세요.

그런데 그런 재중의 마음을 알았는지 테라가 안경을 하나 내밀었다.

그림자 속에서 안경을 받아 쓴 재중은 피식 웃어버렸다.

정말 눈에는 보이지 않는 얇은 레이저 광선이 동굴 내부를 그물처럼 연결했던 것이다.

거기다 그 레이저가 나오는 곳도 교묘하게 동굴 벽에 작은 구멍을 뚫어 설치했는지 외관상으로는 전혀 구분하기도 힘들었다.

―그거면 여기는 충분히 지나갈 수 있다고 하는데… 괜찮아요, 마스터?

내심 셰프의 도움을 받는 것이 그다지 유쾌하지 않은 듯한 테라였다.

하지만 어쩌겠는가? 테라는 마법에 특화되어 있는 것을 말이다.

셰프처럼 마법과 과학을 접목한 능력이 없는 것이 안타까울 뿐이었다.

"충분해."

눈에 보이지 않는다면 재중도 조금 애를 먹었을지도 몰랐다.

하지만 아무리 촘촘하게 레이저가 경계를 해도 눈에 보이는 이상 더 이상 장애물이 아닌 것이다.

탁!

가볍게 뛰어오른 재중의 몸이 마치 무중력 상태가 된 듯 허공에서 춤을 추면서 비틀어지기 시작했다.

사라락! 사락!

레이저 경보기에 닿을 듯 말 듯, 아슬아슬한 곡예 수준의 몸놀림을 보여주기 시작한 재중이었다.

재중이 허공에서 춤을 춘다고 해도 믿을 정도로 자연스럽게 허공을 헤엄치기 시작하자 거칠 것이 없었다.

탁~

무려 5분이었다.

재중이 발을 뗐다가 다시 땅에 내려서기까지 걸린 시간이 말이다.

그리고 내려선 곳에서 재중은 희미하지만 사람의 기척을 느낄 수가 있었다.

"지하에 모여 있었군……."

지하로 내려가는 유일한 통로인 듯한 곳에 도착해서야 재중이 느낄 정도라면 상당히 깊이 내려가야만 할 것 같았다.

재중의 민감한 감각에도 희미하게 느껴질 정도라면 말이다.

—도대체 뭐가 있는 걸까요, 마스터.

처음에는 그냥 시큰둥한 반응이었던 테라도 호기심 어린 목소리로 물어왔다.

이 정도로 경계가 삼엄하다는 것은 아무래도 이상하기에 호기심이 생기기 시작한 것이다.

"그걸 알기 위해서 들어가야겠지, 여기를."

이미 엘리베이터는 내려갔는지 커다란 구멍만 뚫려 있는 곳을 내려다본 재중은 거침없이 구멍을 향해 발걸음을 옮겼다.

쑥!

그리고 어둠속으로 빨려들 듯 재중이 구멍 속으로 사라져 버렸다.

몇 초 뒤.

재중은 이미 바닥까지 내려와 있었다.

물론 엘리베이터 몇 미터, 위쪽이긴 했지만 말이다.

"엘리베이터 위에도 레이저 감지장치가 있다니……."

그냥 구멍 속으로 들어간 재중이었다.

하지만 자유 낙하를 하듯 빠르게 바닥을 향해 내려가다가 뜻밖에도 엘리베이터 위쪽에 어지럽게 그려진 레이저의 그물을 보고는 멈춰 설 수밖에 없었다.

혹시라도 작은 돌조각 하나만 스쳐도 바로 경보기가 울릴 만큼 아주 민감한 레이저 경보장치들을 본 재중은 혹시나 싶어서 다른 것들을 살펴봤다.

하지만 아무래도 지하로 무려 100미터 가까이 내려가야만 하는 구멍에 다른 틈이 있을 리가 없었다.

거기다 구멍의 벽을 살피던 재중은 특이한 것도 발견했다.

'인공적으로 만들었어. 하지만 최근은 아니야.'

얼마나 오래전에 이 구멍을 만들었는지, 인공적인 흔적이 희미하게 남아 있지만 동시에 세월의 흔적도 깊이 남아 있었다.

하지만 그래서인지 엘리베이터를 어떻게든지 통과할 다른 틈을 찾을 수가 없기도 했다.

꼼꼼하게 살펴보고 또 살펴봤지만, 이 커다란 바위산이 마치 하나의 바위로 만들어진 것 같은 느낌이 들 정도였다.

그만큼 구멍에는 작은 틈도 보이지 않았다.

'별수 없네.'

여기까지 와서 포기할 수도 없다는 생각이 든 재중이 결심하자.

화르르륵!!!

재중의 몸에 마나가 활성화되기 시작했다.

어둠뿐인 동굴 속이 환해질 만큼 강한 마나의 불꽃을 피워 올리면서 말이다.

쿵!!

마나를 활성화한 재중은 그대로 엘리베이터를 향해 내리꽂혔다.

말 그대로 엘리베이터를 향해 돌진한 것이다.

콰콰쾅!!

첨단 경보장치로 무장했던 엘리베이터가 맞는지 무색할 만큼 순식간에 반쯤 찌그러져 버린 흔적만이 남았다.

그리고 그런 엘리베이터를 밟고 천천히 안으로 들어온 재중은 다시 조용히 몸을 숨기고 허공으로 사라졌다.

투명화 마법을 걸고 말이다.

애앵!! 애앵!! 애앵!!!

탁탁탁탁탁탁!!!

역시나 재중이 엘리베이터를 찍어 눌러서 반쯤 접어버

린 순간 경보기가 요란하게 울었다.

순식간에 자동소총으로 무장한 군인 수십 명이 몰려들었다.

하지만 이미 재중은 투명화한 상태로 유유히 멀어진 뒤였다.

엘리베이터에 도착한 군인들은 황당한 표정을 감출 수가 없었다.

"이거… 뭐라고 보고해야 하죠?"

갑자기 멀쩡하던 엘리베이터가 처참하게 반쯤 접힌 채 찌그러져 있었다.

그 광경을 본 군인들은 혹시나 하는 생각에 위쪽의 경보기를 살폈다.

하지만 누구도 들어온 흔적이 없는 것이다.

쥐새끼 한 마리 들어와도 카메라가 자동으로 인식해서 기록하는 최첨단 시설을 갖추고 있는 곳이다.

자체 규율로 무언가 의심되면 무조건 기록부터 찾아보게 되어 있지만, 투명화 마법을 쓰고 공중에서 5분 동안 유영하는 재중의 능력을 모르는 군인들이 찾아낼 것이 있을 리가 없었다.

"그보다 이거 어쩌죠? 엘리베이터가 없으면 저희도 위로 올라가지 못하는데."

"연락해. 당장 기술자를 보내서 새로운 엘리베이터를 설치해 달라고 해야지 어쩌긴 뭘 어째!"

"옛썰!"

갑작스런 엘리베이터 사고.

하지만 이게 끝이 아니라는 것을 이곳에 있는 군인 중에 그 누구도 알지 못했다.

아직 재중이 시작도 하지 않았다는 것을 말이다.

커다란 석상.

마치 신전을 보는 듯한 커다란 기둥과 고개를 완전히 꺾어야 보일 만큼 높은 지붕의 건물을 본 재중의 표정이 굳어버렸다.

"환장하겠군."

재중은 당장에라도 살아날 듯 생동감이 넘치는 커다란 동상들을 보면서 걸음을 옮길 때마다 저절로 감탄이 나올 수밖에 없었다.

설마 그랜드 캐니언의 이름 모를 동굴 속, 그것도 지하 100미터 아래쪽에 이런 커다란 공간이 있을 줄은 몰랐으니 말이다.

마치 커다란 콜로세움 광장을 땅속으로 옮겨놓은 듯한 광경이었다.

그리고 그런 공간 벽을 가득 채운 10여 미터 크기를 가진 커다란 동상들을 보고 있노라면, 왠지 위에서 내리눌리는 느낌까지 받았다.

—헐… 이거 완전… 상상 이상인데요, 마스터.

테라도 드래곤들의 레어를 본 적이 있고, 잘 알고 있지만 사실 이런 곳은 처음인지 재중과 같은 심정이었다.

'살아 있는 것 같아.'

재중은 한동안 근육 세포 하나하나가 마치 당장에라도 꿈틀거릴 것 같은 정교한 동상들을 보면서 천천히 걸었다.

그러다 멀리서도 엄청난 위용을 자랑했던 신전에 다다라서야 걸음을 멈춰 섰다.

그런데 신전을 가만히 지켜보던 재중의 표정이 갑자기 일그러지기 시작했다.

'빌어먹을!'

거기다 욕지거리까지 뱉는다.

그러더니 지금까지 감탄하던 모습과 달리 공간의 벽면을 가득 채운 커다란 동상을 쳐다보는 눈빛이 날카롭게 변해 버린 것이다.

'테라.'

—네, 마스터.

'이곳의 동상들에서 혹시 마력이 느껴지지 않나?'

재중이 빠르게 묻자,

—동상에서 마력이요? 잠시만요.

재중의 그림자가 갑자기 늘어나더니 동상을 향해서 폭발적으로 뻗어 나가기 시작했다.

그저 그림자가 동상에 살짝 닿기만 했지만, 그것만으로 충분한 듯했다.

다시 원래대로 돌아온 그림자에서 테라의 대답을 들은 재중의 표정이 완전히 굳어졌다.

'빌어먹을 타이탄!'

지금 지구를 지켜보고 있는 크레이언 올드 세이라 이전에 있었다는 존재가 바로 타이탄이었다.

사실 크레이언 올드 세이라에게 타이탄의 존재를 들었을 때는 그냥 과거의 이야기로 치부했던 재중이었다.

한데 이곳에서 설마 타이탄의 신전을 보게 될 줄은 몰랐기에 더욱 당황스럽기만 했다.

신전 안 커다란 동상에 대문짝만 하게 태초의 신 타이탄이라고 써놨는데 그걸 모를 수가 없었다.

그리고 황당한 것은 신전을 중심으로 지하 공간의 벽을 가득 채운 수많은 동상에 모두 마력이 남아 있다는 것이다.

─마스터, 골렘이에요, 골렘!

동상들에 마력이 느껴지지 않느냐는 재중의 말을 들은 테라는 동상에 그림자를 뻗어 접촉했고, 그러자마자 웅크리고 있는 마력을 느낄 수가 있었다.

그것도 굉장히 응축된 듯한 마력을 말이다.

'알아. 설마 그랜드 캐니언에 타이탄의 유적이 남아 있을 줄은 몰랐다.'

─방금 세프에게 연락했는데 세프도 난리가 났어요. 당장 세라 님이 이곳으로 온다고 답변해 왔어요, 마스터.

'그렇겠지. 지구에 있어서는 안 되는 것이 있으니까.'

골렘은 언뜻 보기에는 별것 아닌 것처럼 보이지만, 활용하기에 따라 현재 지구의 균형을 심각하게 비틀어 버릴 수도 있는 유물이다.

이족 보행하는 10미터짜리 동상이 도시를 밟고 다닌다고 생각해 보라.

이건 악몽을 넘어 재앙이다.

스팟!!

역시나 빠르게 움직인 크레이언 올드 세이라가 허공에 모습을 드러냈다.

재중도 투명화를 풀어버렸다.

더 이상 숨을 필요가 없기도 했고, 크레이언 올드 세이

라가 이곳에 온 이상 그녀의 결정에 따라 이곳이 지구상에
서 사라질 수도 있기 때문이었다.

투명화는 더 이상 의미가 없었다.

―미친… 정말 골렘이군.

크레이언 올드 세이라도 재중 옆에서 주변을 살펴보면
서 동상을 조사했는지 얼굴을 심하게 찡그리고 있었다.

―재중.

"네."

―여기를 라스푸틴의 제자를 따라 움직이다가 발견했
다고 했지?

"네."

―우선 내 레어로 잠시 자리를 옮기자.

뭔가 할 것처럼 심각한 표정을 짓던 크레이언 올드 세
이라가 재중을 데리고 자신의 레어, 즉 섬으로 이동하자는
말을 꺼냈다.

재중은 의외라는 듯한 표정을 지었지만, 우선은 순순히
따르기로 했다.

고룡인 크레이언 올드 세이라가 의미 없이 물러나는 것
은 아닐 테니 말이다.

Chapter 14
유적

재중귀환록

텅!

섬으로 돌아온 크레이언 올드 세이라는 재중에게 커다란 석판 하나를 보여주었다.

"세라 님, 이건?"

재중은 대뜸 석판을 재중에게 보여주는 크레이언 세이라를 보면서 대답이 필요하다는 눈빛을 보였다.

—내가 전에 말했지, 나 이전에 이곳에 있던 존재가 타이탄이었다고.

"네."

─그 녀석이 나에게 남긴 거다……

"타이탄이… 남겨요?"

그냥 석판으로 생각했던 재중은 타이탄이 직접 크레이언 올드 세이라에게 남겼다는 말에 표정을 바꿨다.

하지만 크레이언 올드 세이라에게 다가가 묵직한 석판을 들어 살펴보았지만 도무지 읽을 수가 없었다.

"이게 무슨 글자입니까, 세라 님?"

─나도 몰라.

"네?"

─나도 모르는 글자야. 타이탄이 살던 차원과 너와 내가 살던 차원은 전혀 다른 세상이다. 그럼 언어가 다른 것도 당연한 거지.

크레이언 올드 세이라는 당연한 것을 왜 묻느냐는 식으로 재중에게 툭 던지듯 대답했다.

하지만 분명히 무언가 중요한 내용인 것은 확실했다.

지금 고대 타이탄의 신전과 신전을 지키듯 둘러싸고 있는 수많은 골렘 동상을 발견한 상황이다.

그 어떤 것보다 중요한 것이 바로 이 석판인 것은 재중도 눈치만으로도 충분히 알 수가 있었다.

─알다시피 난 이곳의 일에 깊게 관여할 수 없지만, 재중 넌 다르지.

"…저보고 해결하라는 거군요."

─그래, 맞아. 설마… 전임자의 뒤치다꺼리를 너에게 맡기게 될 줄은 몰랐지만 말이야.

자존심이 강한 드래곤이기에 예전에 있었던 타이탄의 뒤처리를 해야 한다는 것, 그것 하나만으로도 기분이 많이 상한 듯 보였다.

억울하겠지만 그레이언 올드 세이라는 이계의 존재다.

당연히 이 세상에 깊게 관여할 수가 없었다.

세계의 정보기관이 크레이언 올드 세이라를 귀찮게 할 때 도망치듯 이 섬에 숨어버린 것도 모두 그런 제약 때문이었다.

세계의 균형이 그 무엇보다 최우선인 크레이언 올드 세이라에게는 타이탄의 유적도 마찬가지였다.

이미 오랜 세월 동안 지구의 구성원이 되어버린 것을 자신이 건드릴 수 없다는 것을 알게 되자 곧바로 섬으로 와서 재중에게 석판을 넘긴 것이다.

재중은 처음부터 지구의 구성원으로 태어났으니 말이다.

"하지만 이 글자를 해독하지 못하면 어차피 저도 할 수 있는 것이 없습니다."

귀찮아서가 아니라 석판의 글자를 모르는 이상 석판이

손에 있어도 재중으로서는 할 수 있는 게 없었다.

　―지금 셰프가 지구에 존재했던 모든 글자를 조합하고 있다…….

　"고대 글자 중에 이 석판과 같은 글자가 있을 거라는 거 군요."

　―그래.

　"그런데 세라 님."

　―응?

　"이걸 가지고 계셨다면 왜 해독하지 않으셨나요?"

　타이탄에게 직접 건네받았다면, 수천 년 동안 크레이언 올드 세이라는 이 석판을 가지고 있었다는 결론이다.

　의아함을 가진 재중이 물었지만 대답은 쿨했다.

　―내가 왜?

　"……."

　―내가 왜 그래야 하지? 난 이방인이야. 그리고 타이탄 도 이방인이었지.

　역시나 지독한 이기주의를 가진 드래곤답게 자신이 해야 할 이유를 느끼지 못하는 이상 그 어떤 것도 하지 않는 성격을 고스란히 보여주는 크레이언 올드 세이라였다.

　아무런 상관도 없는 이방인의 것을 가지고 있는 것만 해도 감지덕지하라는 표정으로 말하자 재중도 그냥 수긍해 버린 것이다.

순수하게 원래 드래곤은 저런 존재라는 것을 인정했기에 가능한 것이긴 했지만 말이다.

―재중.

"네."

―이거 한 가지만 말해둘게.

"네, 말씀하세요. 세라 님."

―절대로 그 타이탄 신전의 골렘들이 깨어나서는 안돼.

"……."

그건 굳이 크레이언 올드 세이라가 말하지 않아도 재중도 느끼고 있었다.

지구에 골렘의 등장은 어떤 여파를 만들어낼지 종잡을 수가 없다고 재중도 판단을 내린 상태였다.

하지만 크레이언 올드 세이라의 표정을 보면 아무래도 재중이 생각하는 것 이상의 의미가 있는 듯 했다.

―재중, 이런 말 들어봤을 거야. 인형은 본래 인간의 영혼을 담는 그릇으로 이용하기 위해서 만들어졌다는 것을.

"…네. 들어는 봤지만… 그게 무슨 상관인거죠?"

뜬금없이 인형 이야기를 꺼내는 크레이언 올드 세이라의 모습에 재중이 되물었다.

─인형과 골렘은 기본적인 출발선은 같아.

"네?"

─드래곤에게만 전해지는 골렘의 탄생 비화를 재중도 이제는 알아야겠어.

그러면서 시작한 크레이언 올드 세이라의 이야기에는 약간의 충격적인 내용도 담겨 있었다.

골렘을 처음 만든 것이 바로 드래곤이었으니 말이다.

"그럼… 영원히 살고 싶었던 드래곤 하나가 골렘을 만들었다는 겁니까?"

─그래. 골렘이 만들어진 원인이 인간들에게는 전해지지 않고 오직 드래곤에게만 전해지는 이유이기도 해.

당연했다.

오랜 세월을 사는 드래곤은 오히려 죽음을 안식으로 받아들인다는 것이 재중도 알고 있던 정설이었다.

그런데 지금 크레이언 올드 세이라의 말은 그런 정설을 정면에서 반박하는 것이나 다름없었다.

거기다 영원히 죽지 않기를 원하는 드래곤이라니.

재중으로서는 헛웃음이 나오기만 했다.

─황당할 거야. 사실 나도 황당하다고 생각했었으니까. 하지만 이건 진실이기도 해.

인간 쌍둥이도 성격이 다르고 식성이 달랐다.

드래곤이라고 영원히 살기를 원하는 녀석이 없으라는 법은 없었다.

물론 워낙에 오랜 세월을 살다 보니 처음에는 그런 마음을 가졌을지 몰라도 나중에는 죽음을 오히려 반기는 것이 드래곤이었지만 말이다.

하지만 죽음 직전까지 삶을 원한 드래곤이 있을 줄은 생각조차 못했던 것이다.

"그럼 골렘은 본래 드래곤의 영혼을 담기 위한 그릇이었군요."

—맞아. 그 미친 드래곤이 골렘에 자신의 드래곤 하트와 영혼을 함께 안착시켜서 영원히 신의 눈을 피해 살아가려고 했었지.

"하지만 실패했군요."

말끝을 흐리는 크레이언 올드 세이라의 모습에 재중이 슬쩍 끼어들었다.

—반만 성공한 흔적이 바로 골렘이다…….

"……."

드래곤의 영혼은 결국 자연으로 돌아가 버렸단 것이다.

하지만 드래곤 하트를 가진 골렘은 성공한 듯했다.

반만 성공했다는 것을 보면 말이다.

—재중 너는 모르겠지만, 대륙에는 과거에 골렘이 많았

다. 그것도 각 제국과 왕국들이 전쟁 병기로 보유하고 있을 만큼 말이야.

"그런데 왜 저는 전혀 몰랐던 거죠?"

과거 재중은 대륙에서 드래고니안과 전쟁만 치르며 대부분의 시간을 보냈었다.

하지만 재중의 곁에는 대륙의 현자인 베르벤이 있었기에 오랜 세월 동안 그녀에게서 대륙의 역사와 태고의 신이라는 존재까지 모두 전해 들었다.

하지만 기억을 뒤져 보아도 대륙에 골렘이 있었다는 이야기는 들은 적이 없었던 것이다.

─당연하다. 드래곤이 처음이자 마지막으로 대륙의 인간을 향해서 브레스를 뿜었으니까 말이야.

"…설마 드래곤이 인간을 공격했다는 겁니까?"

전혀 뜻밖의 말에 재중이 되물었다.

─그래. 하지만 드래곤 로드께서 신에게 허락을 받았기에 우리는 당연히 해야 될 일을 했을 뿐이다…….

과거의 실수를 말하면서도 당당한 모습을 보면 확실히 드래곤은 특이한 존재인 것 같긴 하다.

─하지만 그게 중요한 게 아니다. 내가 타이탄의 유적에 있는 골렘이 절대로 깨어나서는 안 된다고 말한 이유는 골렘의 능력 때문이니까.

"…그래 봐야 그냥 움직이는 돌일 텐데요?"

재중은 골렘이 마력을 품어봐야 기껏 움직이는 바위로 만들어진 거인이라는 생각에 가볍게 대답했다.

하지만 크레이언 올드 세이라의 표정은 단번에 굳어지고 있었다.

—그 움직이는 돌에 드래곤이 사냥당했다면.

멈칫!

재중은 순간 표정이 굳어져버렸다.

"설마… 드래곤 슬레이어를 말하는 건가요?"

—맞아. 어떤 이유인지 알 수는 없지만 골렘과 인간의 영혼은 파장이 잘 맞는 편이었다.

"……."

재중은 대충 다음 이야기가 무슨 이야기일지 느낌이 온 듯 쉽게 입을 열지 못했다.

—흑마법 중에 영혼을 이동시키는 방법이 있었다. 그리고 인간들은 그 방법으로 골렘에 인간의 영혼을 집어넣었지……. 그리고 드래곤 10마리가 사냥당했다.

"…드래곤 슬레이어의 전설은 사실이었군요."

재중이 나직하게 한마디 하자.

끄덕

크레이언 올드 세이라는 굳이 말할 것도 없이 고개만

끄덕였다.

─물론 골렘에 영혼이 이동된 인간은 영원히 골렘으로 살아가야 하는 부작용이 있다. 하지만 인간에게 드래곤이 사냥당했다는 것은 변하지 않는 사실이지. 그리고 그런 이유 때문에 대륙에서 골렘이 관한 모든 것을 드래곤 로드께서 직접 지워 버렸으니까.

아이러니했다.

영원히 살고 싶은 욕망에 사로잡힌 어떤 미친 드래곤이 만든 골렘이 오히려 다른 드래곤을 사냥하고 죽이는 도구가 되어버렸으니 말이다.

─재중, 지금 인간의 과학은 눈부신 발전을 했지. 그건 나도 인정한다. 하지만 인간의 영혼이 골렘에게 들어가면… 지금의 과학은 아무런 의미가 없을 것이다. 각성한 골렘은 드래곤의 브레스도 버틸 수 있는 능력을 가지게 될 테니까.

"증폭입니까?"

움직이는 바위인 골렘과 인간의 영혼이 합쳐지면 드래곤의 브레스도 견딘다는 말에 재중이 나직하게 물었다.

─맞아, 그것도 상상조차 할 수 없는 증폭이지.

마법에는 특이한 법칙이 하나 있었다.

물의 마법과 불의 마법을 동시에 사용하지 말라는 법칙

말이다.

다른 마법은 별다른 말이 없지만, 유독 물의 마법과 불의 마법을 동시에 사용하지 말라는 특이한 법칙이 있는 이유는 바로 증폭 때문이었다.

물이 불을 만나면 증기로 변한다.

그런데 증기로 변한 물이 그냥 변하는 것이 아니라, 한순간에 만들어낸 물의 마법만큼 변한다는 것이다.

즉 증기폭발현상이 생기는 것이다.

실제로 대륙에서는 증기 폭발 때문에 여러 마법사가 시체를 남기기는커녕 마을까지 통째로 사라진 경우가 흔했다.

거기다 증기 폭발은 단순히 물을 끓여서 만들어지는 증기의 힘을 몇 십 배는 넘어서는 폭발력을 가지는 특징이 있었다.

그것을 마법사들은 증폭이라고 불렀다.

가끔은 전쟁 중에 증기 폭발을 이용한 마법사의 자살로 인해 성이 사라진 경우도 있었다.

그래서 대륙에서는 전쟁을 시작하면 무조건 마법사부터 죽이는 것이 불문율이었다.

한순간에 전쟁의 판도를 뒤집어 버릴 수 있는 유일한 존재였으니 말이다.

그런데 그런 증폭이 골렘과 인간의 영혼의 파장이 딱 맞아떨어지는 상태에서 발생한다면 어떨까?

이건 아무리 핵무기로 무장한 현재의 지구라도 골렘 하나에 초토화될 것이 불 보듯 뻔했다.

"젠장!!"

재중은 신경질적으로 석판을 던지려다 가까스로 참을 수밖에 없었다.

좋든 싫든 이 석판에 골렘에 대한 중요한 정보가 담겨 있을 테니 말이다.

─재중, 이해했을 거라 생각하기에 더 이상 말은 하지 않지만, 절대로 골렘이 부활해서는 안 된다.

"차라리 지금 골렘을 다 부숴 버리면 안전하지 않나요?"

─그게 가능하다면 내가 너를 데리고 오지 않았겠지.

"…설마……?"

재중은 굳이 크레이언 올드 세이라가 자신을 데리고 섬으로 와서 이런 말을 구구절절이 설명하는 이유를 생각해 봤다.

결론은 금방 나왔다.

"지금 골렘을 건드리면… 폭발하는군요. 그것도 그곳에 있는 모든 골렘이 동시에……."

─맞아, 그리고 그 파괴력은 지구에 100㎞ 크기의 운석이 충돌할 때와 같을 거다. 문제는 충돌한 힘이 지구 내부에서 폭발한다는 거지만…….

"…지구가 끝나는 거군요."

─맞아. 현재 지구의 자전축과 태양을 중심으로 도는 공전궤도까지 모두 비틀어질 테니 지구는 끝난다…….

한마디로 지금 골렘을 폭발시켜도 지구는 멸망이고, 골렘이 인간의 영혼을 받아들여서 부활해도 문제였다.

물론 지구라는 행성이 위험해지는 수준은 아니다.

골렘을 움직이는 라스푸틴을 생각한다면 지구는 안전하지만 어떤 의미로 멸망한다는 것은 비슷했다.

Chapter 15
드디어 알게 된 진실

재중귀환록

—마스터, 라스푸틴의 속셈이 무엇인지… 대충 다 나왔네요.

　"그래, 골렘으로 영혼을 이동시키려는 거야."

　골렘이 가득한 타이탄의 유적지에 라스푸틴의 제자가 들어갔었다.

　그리고 방금 재중은 골렘의 진정한 정체를 알게 되었다.

　그러자 그동안 그토록 재중을 고민하게 했던 라스푸틴의 진정한 의도가 드러난 것이다.

"테라."

─네, 마스터.

"드래곤의 브레스를 견디는 골렘에게 핵무기가 소용이 있을까?"

─핵폭발 때 일어나는 온도가 2억 도라고 들었지만⋯ 드래곤의 브레스도 비슷한 온도예요, 마스터.

즉, 골렘에게 핵무기는 아무런 소용이 없다는 말이다.

인류가 만든 최악의 무기가 핵무기이지만, 동시에 마지막 최후의 무기도 핵무기였다.

그런데 그런 핵무기가 소용이 없다면 라스푸틴이 골렘과 일체화되는 순간 지구상에서 인류는 끝났다고 봐도 되는 것이다.

사실 드래곤도 사냥했다는 것을 보면 재중도 그다지 안심할 수는 없다.

하지만 그래도 평범한 사람들과는 확실히 다를 수밖에 없었다.

쫘악.

자연스럽게 석판을 쥔 손에 힘이 들어갔다.

이게 어쩌면 인류의 모든 것을 결정지을 수도 있으니 말이다.

"셰프에게서는 아직 연락이 없지?"

―네, 아무래도 지구상에 존재했던 모든 글자를 단시간에 찾는 건 세프에게도 무리일 거예요, 마스터.

"그렇겠지… 하지만 수단과 방법을 가리지 않고서라도 해독 해야만 해."

이 석판에 골렘을 안전하게 영원히 잠들게 할 수 있는 방법이 적혀 있을 수도 있었다.

그게 아니라면 타이탄이 지구를 떠나면서 굳이 자신의 후임으로 온 크레이언 올드 세이라에게 넘겨줬을 리가 없으니 말이다.

―마나의 인도자들이나 6인의 수장 중에 혹시 아는 자가 있지 않을까요?

테라의 그나마 인간의 천재들 중에서도 천재인 그들에게 물어보는 것이 어떠냐는 말에 재중도 고개를 끄덕였다.

오랜 세월 동안 쌓아온 지식이라면 재중도 마나의 인도자들에게는 한 수 접어줘야 했을 만큼 압도적이었다.

특히나 헨기스트처럼 책을 좋아하고 예전 이야기나 문자를 좋아하는 마법사가 분명히 있을 것이다.

재중은 그것에 가능성을 걸을 수밖에 없었다.

"사이먼과 헨기스트에게 연락해서 쟁롯을 모으는 것은 그만두고 고대 문자나 지구에 존재했던 문자에 대해서 아는 마법사는 모두 모아달라고 해."

타이탄의 신전까지 있는 것으로 봐서 고대에 타이탄이 신으로 인간들에게 추앙을 받았던 것은 확실했다.

그렇다면 당연히 고대 인류 중에 누군가는 그림이든 글자든 기록을 남겼을 것이다.

지금 재중이 찾아야 하는 것은 바로 그것이었다.

글자든 그림이든, 타이탄의 문자를 해독하는 것 말이다.

─마스터, 우선 영국으로 무조건 모이라고 했어요.

아무래도 우호적인 MI6가 있는 영국이 그나마 가장 안전하다고 판단한 테라가 영국으로 집결지를 정했다.

재중은 즉시 비밀 아지트에 아직 남아 있는 연아를 비롯해서 일행들을 데리러 가기 위해 방향을 그리스로 비틀었다.

하지만 그리스를 향해 움직이는 재중의 머릿속은 지금까지 살아오면서 가장 복잡한 상태였다.

'아… 어쩌다가 지구 멸망까지 내가 막아야 하는 상황이 거냐고… 에휴…….'

운명이라는 것이 정말 원망스럽기만 한 재중은 지구의 신이 있다면 저주라도 퍼붓고 싶은 심정일 수밖에 없었다.

그저 조용히 살고 싶었을 뿐인데.

연아가 행복하게 사는 모습을 보고 싶다는 아주 소박한 꿈을 가지고 지구로 왔을 뿐인데.

자신이 어쩌다 이렇게 된 것인지 한숨만 나왔으니 말이다.

―마스터, 그런데 대륙에서도 멸망에서 구한 영웅이셨는데, 결국 지구에서도 비슷한 것 같지 않아요?

"시꺼!"

―네…….

불난 집에 부채질하는 테라의 말에 재중이 강하게 쏘아붙이자 조용히 입을 다물어 버리는 테라였다.

          *   *   *

재중이 지금 이렇게 예민한 것은 바로 최악의 상황 때문이다.

결국 골렘이 마력을 가지고 있는 이상, 골렘에 대해서 모르는 재중이나 테라가 처리하는 방법은 오로지 부숴 버리는 것이다.

하지만 마력이 있는 것은 외부에서 강한 충격을 받으면 마력이 한순간에 빠져나가는 현상이 생겼다.

그게 바로 폭발 현상으로, 간단하게 수류탄을 예시로 들 수 있다.

수류탄은 화약에 불이 붙으면서 팽창한 안의 공기가 빠져나가는 현상을 무기로 바꾼 것인데, 결과적으로 원리는 비슷했다.

다만 화약의 경우 양에 따라 폭발력이 달라진다는 것이 마력과 달랐다.

마력의 경우 오랜 세월 동안 주변의 마나가 응축되어 모이게 되는데 그러면서 점점 단단해지는 특성이 있었다.

한마디로 마력의 양이 작다고 쉽게 봤다가는 그대로 끝장 날 수도 있다는 말이다.

오랜 세월 동안 응축된 마력은 외부의 자극에 쉽게 자극받는 만큼, 폭발력을 측정하는 것이 불가능했다.

즉 현재 상황에서는 골렘을 미리 처리할 수 있는 방법이 없었다.

"아공간에 넣어버릴까?"

골렘의 크기와 숫자가 좀 부담스러울 정도이긴 하지만 드래곤인 재중의 아공간이면 가능할 것 같다는 생각에 혼잣말처럼 중얼거렸다.

—마스터, 그게 생각보다 위험해요.

하지만 테라가 부정적인 듯 대답한 것이다.

"왜 위험하지? 아공간은 가장 안전한 공간이 아니었나?"

재중의 인식에는 아공간만큼 안전하고 편리한 공간이 없었기에 테라의 말에 고개를 갸웃거렸다.

―아공간이라는 것도 원리를 보면 간단하게 차원의 아주 작은 공간을 빌려 와서 능력만큼 공간화시킨 거예요.

"그건 그렇지."

재중도 기본적인 개념에 대해서는 알고 있기에 고개를 끄덕였다.

―문제는 골렘의 마력이에요. 순수한 마나가 아닌 만년설에 눈처럼 쌓이고 쌓여서 단단해진 마력은 공간에 왜곡을 가져올 수 있거든요.

"왜곡?"

―네, 간단하게 눈에는 보이지 않지만 자석끼리 서로 당기고 미는 힘이 있잖아요. 그거랑 같은 거예요. 마력이 아공간의 공간 자체에 영향력을 끼칠 만큼 축적된 양이 많다면, 마력을 가진 골렘이 아공간에 있다는 것만으로도 아공간은 불안정한 상태가 되기 때문이에요."

"…그럼 넣고 아공간을 끊어버리면?"

아공간이라는 것이 결국 재중의 마나를 열쇠로 미리 정해진 공간의 문을 여는 것이니, 재중이 마나를 끊어버리면 그냥 깔끔하게 끝날 수도 있었다.

하지만 테라는 그것마저도 고개를 저었다.

ㅡ차원의 벽에 구멍이 생길 수도 있어요.

"그렇군……."

어차피 아공간은 차원이라는 곳에서 공간을 빌려 와 가공한 것이다.

즉 재중이 끊어버리는 순간 본래의 자리인 차원으로 되돌아간다.

하지만 문제는 아공간에서 차원으로 되돌아갈 때. 얼마나 강한 변화가 있을지는 모르지만, 분명히 아공간이 차원의 일부가 되며 변화할 것이 당연하다는 것이다.

그럼 아공안 안에 있던 골렘은 부서질 수밖에 없다.

아니, 아주 우주의 먼지가 될 것이다.

하지만 마력은 오히려 차원에 간섭을 하게 된다.

왜냐하면 차원도 결국 기본 베이스는 마나였고, 마력도 결국 마나가 모여서 뭉친 것이니 말이다.

ㅡ아주 높은 확률로 지구에 차원의 구멍이 생길 수가 있어요. 거기다 랜덤하게 차원의 구멍이 생기기 때문에 어떤 차원과 연결된 것인지 그 누구도 예측이 불가능해요.

재수 없을 경우 타이탄이 사는 차원과 연결이 될 수도

있다.

그럼 바퀴벌레 하나 잡으려다 초가삼간 다 태워 버리는 꼴이나 마찬가지인 것이다.

아니, 간단하게 재중이 살았던 대륙과 연결될 수도 있다.

최악인 것이다.

위험부담이 너무 크다 못해, 차라리 라스푸틴이 골렘과 융합이 되는 것이 지구에게는 안전해 보일 정도였다.

"결국… 내가 드래곤 슬레이어가 된 골렘과 맞짱을 뜨느냐, 아니면 그전에 어떻게든 라스푸틴을 찾아서 소멸시켜 버리느냐의 선택에 달렸다는 말이구나."

─네, 다만… 도대체 지구를 지켜보면서 나름 균형을 유지했던 타이탄이 어째서 그런 위험한 유적을 만들었는지가 저는 궁금해요, 마스터.

"…그걸 알고 싶으니까 석판을 해독해야 되는 거겠지."

테라에게는 그저 궁금증으로 끝날지도 모르지만, 재중은 정말 진심으로 눈앞에 타이탄이 있다면 자신의 모든 것을 걸고 싸워보고 싶은 심정이었다.

그와 동시에 대륙의 조율자라 불리는 드래곤이 사냥당할 정도의 골렘이 과연 얼마나 강할지도 궁금함이 생기는 재중이다.

재중은 문득 자신의 이런 이중적인 생각에 피식 웃어버
렸다.

'호승심이 남은 건가…….'

맨땅에 헤딩하는 수준으로 대륙에서 드래고니안과 싸
웠었다.

그리고 결국에는 드래고니안을 모두 죽였던 재중이다.

그런데 드래고니안은 가지고 놀 수 있는 드래곤들을 죽
인 적 있던 강력한 적이 등장할지도 모른다는 생각이 들자
지금의 평화를 지키고 싶다는 생각이 드는 것은 당연했
다.

하지만 반대로 과연 인간의 영혼과 융합한 골렘이 얼마
나 강할까 하는 호기심도 들었다.

그냥 강한 상대와 싸워보고 싶다는 단순한 호승심이 생
긴 것이다.

사실 재중은 드래곤의 피를 각성하고 나서부터는 정말
자신의 모든 것을 걸고 싸워본 적이 없었다.

특히나 지구로 와서 완전히 성룡으로 변하고부터는 거
의 최소한의 힘만 사용했었다.

'욕구불만이군.'

재중은 냉정할 수도 있지만, 직관적으로 봤을 때 세상의
일에 대부분 무관심했던 자신이 호승심을 가진 것 자체가

힘을 써보고 싶다는 욕구 때문이라고 판단한 것이다.

아직은 인간의 자아가 더 강하고 명확하기 때문에 컨트롤이 가능하긴 하지만, 완전히 숨겨진 힘에 대한 본능적인 욕구까지는 완전하게 제어가 불가능하다는 것을 인정해야만 했다.

─솔직히 작은 마스터만 아니면, 저도 모르는 드래곤의 숨겨진 비사였던 드래곤 슬레이어 골렘과는 한번 붙어보고 싶긴 해요.

테라도 비슷한 듯했다.

애초에 드래곤의 사고방식을 가진 테라였으니, 어쩌면 지금 재중과 동질감을 느끼는 것일지도 몰랐던 것이다.

물론 재중도 연아만 아니면 지구의 인류가 멸망을 하든 상관하지 않았을 것이다.

하지만 그럴 수는 없으니 부지런히 움직여야만 했다.

오로지 연아가 평범하게 행복한 삶을 살길 바라는 자신의 고집 때문에 말이다.

*　　　*　　　*

"처음 보는 문자군요."

연아와 일행을 데리고 영국으로 온 재중은 테라의 연락

을 받고 기다리고 있던 6인의 수장에게 크레이언 올드 세이라가 준 석판을 내밀었다.

다들 눈에서 레이저가 나올 만큼 집중하는 모습을 보였다.

본래 호기심이 강하고 탐구심이 강한 마법사였으니 어쩌면 당연한 반응이지만 말이다.

하지만 한참을 살펴본 6인의 수장 중에 가장 해박한 지식을 가지고 있다는 헨기스트와 사이먼이 고개를 흔들면서 처음 보는 문자라고 말했다.

그러면서 당장은 방법이 없다는 표정을 지어버렸다.

"이건 정말 처음 보는 문자입니다. 문자의 체계가 제가 지금까지 봤던 그 어떤 문자와도 비슷한 부분도 없는 것을 보면… 왠지 다른 세상의 언어를 보는 듯한 느낌이군요, 재중 님."

뜨끔!

사실 재중은 석판이 타이탄이 준 것이라고는 하지 않았다.

그저 이 석판 속의 문자를 해독하면 라스푸틴이 간절히 원하는 정보가 있을지도 모른다는 말만 한 상태였다.

때문에 6인의 수장들은 석판에 쓰인 글자가 다른 차원에서 온 타이탄족의 문명이 쓰는 언어라는 것을 전혀 모르고 있었다.

하지만 확실히 천재는 천재인 듯했다.

석판을 살펴본 사이먼과 헨기스트가 아예 문자의 구조와 배열이 지구상의 것과 확연히 다른 것을 눈치챈 것을 보면 말이다.

확실히 사람은 잘 찾은 것 같다는 느낌이 든 재중이었다.

"하지만 모른다고 손을 놓고 있을 수도 없겠죠."

찰칵~!

헨기스트가 가장 먼저 의욕이 불타는 눈빛을 보이면서 석판의 글자를 유심히 살피며 카메라로 찍기 시작했다.

그러자 다른 6인의 수장도 모두 카메라를 들어서 찍었다.

석판은 재중의 것이지만, 중요한 것은 석판의 문자였지 석판 자체는 아니었으니 말이다.

"혹시라도 모르지만… 이게 절대로 라스푸틴과 그의 제자들에게 알려져서는 안 됩니다."

재중이 그저 노파심에서 재차 강조했다.

"당연합니다. 그놈에게 빼앗길 바에 차라리 제가 스스로 파기를 하겠습니다."

카디스가 눈에 분노를 불태우면서 가장 먼저 대답했다.

하지만 다른 6인의 수장들도 비슷한 눈빛이었다.

그들에게는 라스푸틴이라는 존재 자체가 같은 하늘 아래에서 살 수 없는 것이었으니 말이다.

이미 쟁롯으로 인해 마나의 인도자 대부분이 라스푸틴이 그동안 어떤 짓을 했는지 알게 된 상태였다.

인간을 상대로 실험을 하다니 있을 수 없는 일인 것이다.

거기다 그냥 인간도 아니라 자신의 제자를 상대로 실험했다는 것을 알게 된 마나의 인도자들 전원이 솔선수범해서 쟁롯을 모을 정도였다.

-재중 님.

'무슨 일이지?'

6인의 수장이 각자 사진에 빠져 있을 때, 재중의 뇌리에 세프의 연락이 들려왔다.

-한 가지 단서를 찾았습니다.

'단서?'

재중의 눈빛이 삽시간에 바뀌었다.

지금 세프가 집중적으로 찾고 있는 것이 바로 석판의 문자 해독이었기에 재중의 이런 반응은 당연했다.

-중국입니다.

'중국?'

재중은 순간 고개를 갸웃거렸다.

상당히 오래된 고대문자로 생각했기에 중국에 대해서
는 생각해 본 적이 없었으니 말이다.

―구소련 시절 러시아가 가지고 있던 정보 중에 타이탄
의 석판에서 본 것과 비슷한 글자가 확인되었다는 기록이
발견되었습니다.

'구소련이라…….'

한때 구소련은 미국과 함께 세계의 패권을 놓고 싸웠던
라이벌이었고, 동시에 정보를 시작으로 인공위성까지 서
로 경쟁적으로 수집하고 쏘아 올렸던 곳이니 충분히 가능
성이 있었다.

특히나 구소련 시대에 KGB는 세계의 모든 정보를 닥치
는 대로 쓸어 담았다고 할 만큼 정보전에 열을 올렸으니
말이다.

―그리고 재중 님.

'왜?'

―바네사 양이 관련이 있는 걸로 보입니다.

'……?'

재중은 석판 문자 해독에 관해서 이야기하는데 뜬금없
이 바네사가 튀어나오자 고개를 갸웃거렸다.

―러시아 정보에 따르면 석판의 문자와 비슷한 문자를

사용하는 종족의 생존자로 보이는 사람과 바네사가 접촉한 정황이 보였거든요.

'···접촉이라··· 접촉이라·······.'

그런데 그 순간 세프의 말을 들은 재중은 CIA 국장과 마이클 랜필드가 바네사를 필사적으로 찾아다니는 것이 떠올랐다.

─재중 님, 제가 판단하기로는 CIA에서 바네사를 찾는 것도 혹시 이것 때문이라는 생각을 할 수 있습니다.

'·······.'

세프의 말에 재중도 군이 대답을 하진 않았지만, 침묵이 대답을 대신한 셈이었다.

석판의 문자 해독이 중간에 끼어드는 순간 바네사와 CIA, 그리고 마이클 랜필드의 상관관계가 자연스럽게 연결이 되었으니 말이다.

마치 가장 중요한 퍼즐 조각이 빠졌다가 다시 끼워 맞춰진 느낌이었다.

물론 이 퍼즐 조각이 맞는 것인지 아직 확신은 없었지만, 이미 이것 하나만으로도 재중에게는 충분한 이유가 되는 것이다.

덥석.

재중은 그길로 바로 석판을 집어 들고서는 아공간에 넣

어버리고 바네가가 있는 MI6 본부로 향했다.

이미 그리스의 안전가옥에서 CIA에 뒤통수를 맞은 경험이 있는 MI6 국장이 아예 본부에서 바네사를 보호하기로 결정을 내린 것이다.

물론 재중을 MI6 본부로 끌어들이기 위한 눈에 뻔히 보이는 행동이긴 했다.

어쨌거나 재중은 거리낌 없이 MI6 본부의 정문을 향해서 걸음을 옮겼다.

정보기관에 공간이동으로 들어가는 짓은 나중에 귀찮을 수 있으니 말이다.

"재중 씨."

역시나 재중이 입구에 들어서서 몇 걸음 걷지도 않았는데 린다 마릴이 재중을 마중 나왔다.

"기다린 건가요?"

재중이 알면서도 모르는 척 슬쩍 물었다.

"네, 뭐 어차피 재중 씨에게 스파이짓을 해봐야 소용없다는 것은 알고 있으니 사실대로 말할게요. 국장님의 특명이에요."

"특명?"

"재중 씨가 MI6 본부로 오면 무조건 자신에게 데리고 오라고요."

"제가 만나야 할 이유가 있나요?"

재중은 냉정하게 국장을 만날 이유가 없다는 말을 했지만, 린다 마릴은 그럴 수가 없었다.

"그동안 편의를 봐준 것을 생각해서라도 좀 도와줘요, 재중 씨. 사실 이번 그리스 문제 때문에 위에서 국장님을 경질한다는 말까지 나오고 있는 상황이에요."

확실히 MI6의 안전가옥을 CIA에서 알고서 오히려 이용했다는 것, 그리고 그 때문에 재중에 대한 정보가 여과 없이 CIA에 넘어갔다는 것은 상황에 따라 심각할 수도 있는 사항이었다.

특히나 그 때문에 재중이 영국에 완전히 등을 돌린다면 정말 무슨 일이 일어날지 몰랐으니 말이다.

거기다 이미 재력만으로도 영국의 경제력에 타격을 줄 수 있는 재중이, 마나의 인도자를 이끄는 6인의 수장들과도 개인적으로 친밀한 관계가 있다는 것을 알게 된 MI6와 영국 정부는 아예 노골적으로 재중에게 접근하고 있었다.

물론 그걸 이해 못 할 재중도 아니긴 했지만, 너무 대놓고 다가오는 것이 살짝 거부감이 생기기도 했다.

"제가 그리스에서 오는 순간부터 본부를 벗어난 적이 없었어요. 그냥 제발 좀 국장님 좀 만나주세요. 사실 국장님이 그동안 정부에 꼰대들에게 방패가 되어주셨거든요.

이미 미운털이 박혀 버린 국장님이 이번일로 경질되면 MI6도 어떻게 변할지 장담할 수 없어요."

어떻게 보면 노골적으로 재중에게 압박을 주는 말 같은 느낌도 들었지만, 린다 마릴의 눈동자를 살펴보면 그만큼 지금 MI6 내부에 보이지 않는 태풍이 몰아치고 있다는 말이기도 했다.

"가요, 그럼."

재중도 굳이 호의적인 인물이 있는 MI6를 버릴 생각이 없기에 고개를 끄덕였다.

앞으로 CIA와도 계속 부딪쳐야 하는데 CIA상대로 MI6라면 부족함은 없었으니 말이다.

이기적일수도 있지만, 냉정하게 보면 서로 윈윈하는 것이다.

MI6에서 재중에게 원하는 것이 있듯, 재중도 MI6에 원하는 것을 받는다는 비즈니스적인 논리를 적용하면 깔끔하니 말이다.

재중은 이제부터 모든 것을 다 이용할 생각이었다.

그리고 상황에 따라 정말 지워 버려야 한다면, 걸리는 것 모두를 지워 버릴 것이다.

세상이 멸망하는 것보다, 지구가 멸망하는 것보다 차라리 재중이 잔인해지는 것으로 인해 안전해진다면 얼마든지 감당할 수 있었다.

　다만 그 이유가 오로지 연아 한 사람 때문이라는 것이 여전히 재중 본인 위주의 이기적인 생각이긴 했다.

　결과적으로는 결국 많은 사람이 행복할 수 있으니 대륙과 마찬가지로 재중의 운명은 지구에서도 영웅이 되어가는 것 같았다.

　마치 누군가가 미리 짜놓은 스케줄을 따르듯 말이다

　　　　　　　　　　　『재중 귀환록』 20권에 계속…

초대형 24시 만화방

신간 100%, 샤워실, 흡연실, 수면실(침대석), 커플석, 세탁기 완비

■ 강북 노원역점 ■

서울 노원구 상계동 340-6 노원역 1번 출구 앞 3층
02) 951-8324 (화용빌딩 3층)

■ 일산 정발산역점 ■

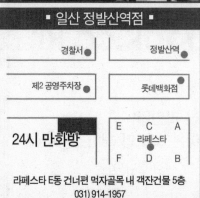

라페스타 E동 건너편 먹자골목 내 객잔건물 5층
031) 914-1957

■ 일산 화정역점 ■

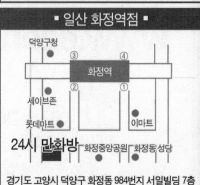

경기도 고양시 덕양구 화정동 984번지 서일빌딩 7층
031) 979-4874 (서일사우나 건물 7층)

■ 부천 역곡역점 ■

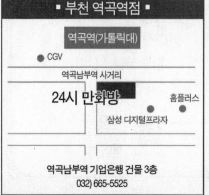

역곡남부역 기업은행 건물 3층
032) 665-5525

■ 부평역점 ■

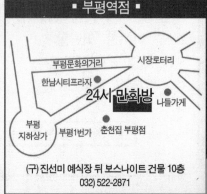

(구) 진선미 예식장 뒤 보스나이트 건물 10층
032) 522-2871

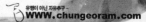

떡운 장편 소설

FUSION FANTASTIC STORY

진공
삼국지

2세기 말 중국 대륙.
역사상 가장 치열했던 쟁패(爭覇)의
시기가 열린다!

중국 고대문학을 공부하던 전도형,
술 마시고 일어나니 도겸의 둘째 아들이 되었다?

조조는 아비의 원수를 갚으러 쳐들어오고
유비는 서주를 빼앗으려 기회만 노리는데……

"역시 옛사람들은 순수하다니까.
　유비가 어설픈 연기로도 성공한 데는 다 이유가 있지, 암."

**때로는 군자처럼, 때로는 효웅처럼!
도형이 보여주는 난세를 살아가는 법!**

Book Publishing CHUNGEORAM

유행이 아닌 자유추구 -
WWW.chungeoram.com

FUSION FANTASTIC STORY

비츄 장편소설

올 스탯
슬레이어

강해지고 싶은 자, 스탯을 올려라!
『올 스탯 슬레이어』

갑작스런 몬스터의 출현으로 급변한 세계.
그리고 등장한 슬레이어.

[유현석 님은 슬레이어로 선택되었습니다.]
"미친… 내가 아직도 꿈을 꾸나?"

권태로움에 빠져 있던 그가…

"뭐냐 너?"
"글쎄. 나도 예상은 못했는데, 한 방에 죽네."

슬레이어로 각성하다!

Book Publishing CHUNGEORAM

유행이 아닌 자유추구 -
WWW.chungeoram.com

이경영 판타지 장편소설

FANTASY FRONTIER SPIRIT

그라니트

용들의 땅

GRANITE

사고로 위장된 사건에 의해 동료를 모두 잃고 서로를 만나게 된 '치프'와 '데스디아'.
사건의 이면에 장식을 벗어난 음모가 있음을 알게 된 둘은
동료들의 죽음을 가슴에 새긴 채 각자의 고향으로 돌아간다.
2년 후, 뜻하지 않게 다시 만난 두 사람은 동료들의 복수를 위해
개척용역회사 '그라니트 용역'을 설립해 다시금 그 땅을 찾게 되는데……

용들이 지배하는 땅 그라니트!
그곳에서 펼쳐지는 고대로부터 이어지는 운명적 만남,
깊어지는 오해, 그리고 채워지는 상처.

『가즈 나이트』시리즈 이경영 작가의 미래형 판타지 신작!

Book Publishing CHUNGEORAM

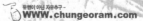